Love

Serge Perez

Love

Médium
11, rue de Sèvres, Paris 6e

Loi n° 49.956 du 16 juillet 1949 sur les publications
destinées à la jeunesse : septembre 1999
Dépôt légal : décembre 2001
Imprimé en France par la Société Nouvelle Firmin-Didot,
au Mesnil-sur-l'Estrée (57765).

Gaelle n'a pas répondu, elle a souri en regardant vaguement le plafond, comme si la vérité se trouvait bien au-delà, comme si je ne pouvais pas l'imaginer.

1

Voilà, enfin terminé pour le bahut, du moins pour cette année. On s'est serrés les mains, on s'est embrassés, on s'est souhaité les meilleurs trucs du monde pour les vacances et puis chacun est rentré chez soi, voilà. Et c'est une bonne chose car on va pouvoir enfin respirer.

Comme chaque jour, Tonio, un ami de classe, m'a accompagné un petit bout de chemin car il habite à deux pas de chez moi. Il m'a dit comme ça – mais je ne prenais plus la peine de compter tant ça commençait à faire –, il m'a dit comme ça tout en pédalant que dans deux jours il se barrait à Hossegor. Ses parents louaient avec une famille de la banlieue parisienne une petite maison là-bas, quasi sur la dune, si bien qu'à marée haute il pêcherait du balcon ou rentrerait chez lui d'un coup de moray. Il est toujours bien plus fort que Tonio de ne pas en rajouter de longues tartines. Moi, en roulant sous cette chaleur estivale, j'ai remarqué que c'était un peu taré de partir en vacances à trente kilomètres de chez soi mais, l'un dans l'autre, que ça valait peut-être bien mieux que de ne pas partir du tout. Tonio m'a raconté encore qu'il allait retrouver une copine de l'année dernière, une fille que je ne pouvais pas même imaginer tant sa beauté dépassait tout ce qu'un couillon comme moi pouvait concevoir. J'ai fait ouais. Il me jurait que c'était pour cette année, qu'il allait conclure, car ça faisait deux ans maintenant qu'il la connaissait. Tout en changeant de vitesse pour grimper une petite côte, je me suis avoué que ce salaud de Tonio avait tout de même une sacrée veine de retrouver une fille pour les vacances, même si c'était dans sa tête.

Enfin, arrivés devant chez moi, Tonio m'a tapé sur l'épaule en me souhaitant de bonnes vacances ; mais à la manière des types qui sont tristes pour vous, comme si ça lui faisait de la peine de savoir que je restais là, que rien ni personne ne m'attendait. Puis il a exécuté une roue arrière sur vingt mètres, juste pour me montrer. Cette fille lui filait de sacrées ailes.

Moi, je passais les vacances dans mon bled, au lac plus précisément, à la base de loisirs. J'y allais pour travailler. Enfin, travailler, dans le fond je le voulais bien, car ce genre de boulot ne payait pas du tout. Mais en contrepartie, j'étais libre comme le vent, je pouvais faire de la planche à voile quand ça me chantait, du dériveur et tout ça. Le boulot consistait à sortir et ranger le matériel, à l'entretenir, à garder l'endroit propre. Ce n'était donc pas la mort, non, ça fleurait tout de même bon les vacances. J'allais là-bas depuis pas mal d'années et je m'y sentais un peu comme à la maison, comme un second chez moi. On était une bande de cinq ou six pékins et on donnait un coup de main à Francis, le directeur, pour faire tourner la baraque. Francis nous connaissait depuis l'époque du centre aéré, c'est-à-dire depuis qu'on était hauts comme ça. On le considérait alors un peu à la manière d'un père, à la longue, forcément, ça crée des liens. Même l'hiver je m'y rendais, les mercredis ou durant les périodes de vacances. Cependant, l'hiver, c'était assez différent. L'hiver, Francis organisait des sorties à la montagne. Mais bon, je vais être honnête, même si l'on s'amusait pas mal à la montagne, je préférais l'été, déjà pour la bonne et simple raison que je suis du genre frileux, c'est ça, le froid c'est un truc que je n'aime pas. Mais surtout pour autre chose, et de bien plus pesant que le froid, on a pas trop les moyens à la maison alors souvent Francis demande à chacun de cotiser pour que je puisse participer aux sorties.

Comme Tonio ne s'était pas ramassé en me montrant son savoir-faire, je suis rentré chez moi. La maison était vide et silencieuse, toujours, on aurait dit qu'on y veillait les morts. Il me fallait faire quelques pas de plus dans le couloir pour entendre enfin un peu de vie, pour entendre enfin mon père taper sur le clavier de son ordinateur, taper et taper encore, de longues, d'interminables heures. Durant des semaines, des mois, des années entières, ce n'est pas un reproche, mais mon père tapait sur le clavier de son ordinateur, là, derrière la porte de son bureau, la première à gauche, dans le couloir. C'est de là que sortaient ses romans.

J'ai rejoint ma chambre et, en attendant dix-neuf heures, l'heure à laquelle mon père cessait d'écrire, j'ai joué sur ma console. C'était un bon début pour des vacances.

Le lendemain matin, alors que mon père tapait déjà, j'ai pris mon vélo et j'ai filé à la base nautique. Pour s'y rendre, rien de plus simple, je n'avais pas même à pédaler sinon deux trois coups. C'est pour le retour que ça se compliquait. Le retour, ça grimpe comme c'est à peine permis et souvent je descendais du vélo et je continuais à pied. Francis avait déjà ouvert depuis une bonne heure, assis sur le coin de son bureau il jetait un œil aux plannings en faisant quelques grimaces. A priori, on attendait pas mal de groupes pour cette année et ça le rendait un peu sceptique.

– Ça va, Quiqui ? il me fait sans me regarder.

Francis nous appelait toujours Quiqui, ses Quiqui, ça lui simplifiait la vie car des blaireaux comme nous il en voyait passer des paquets et souvent sa mémoire défaillait, sauf quand il s'énervait. Quand il s'énervait, alors là, ça lui revenait tout seul, si bien que vous en preniez alors pour votre grade et que vous regrettiez très vite les conneries que vous aviez faites.

Je lui ai dit que ça allait pas mal et je me suis assis en face de lui pour le regarder travailler. Je regardais aussi les photos accrochées aux murs. On m'y trouvait sur presque toutes, avec tous les autres, tous les habitués de la base. À chaque sortie, Francis nous canardait avec ses appareils. Ça, on peut dire qu'on nous voyait sous tous les angles, dans toutes les situations : en planche à voile, en dériveur, en kayak, en groupe autour d'un feu, en train de déconner, etc. Certaines photos remontaient à pas mal de temps déjà, elles étaient pas mal jaunies, nous on avait pas mal grandi depuis.

– Ils sont pas là les autres ? je lui fais.

– T'es le premier, Quiqui, tu n'as qu'à aller ouvrir les vestiaires et le garage. Et puis mets le moteur sur le bateau. Je n'ai pas encore trouvé le temps ce matin, ça sonne toutes les cinq minutes, et regarde s'il reste du maïs pour les canards.

– Bon, ben alors okay, j'y vais.

Il était huit heures trente, une petite brume recouvrait encore le lac comme un lit de coton. La nuit avait dû être fraîche. Les canards rôdaient par là, comme des morts-la-faim. Tous les matins, ils attendaient qu'on leur file à bouffer. On en comptait une bonne vingtaine et à peine m'ont-ils aperçu qu'ils se sont rués sur moi. Quelquefois, je vais être honnête, ça me démangeait de leur filer des shoots en travers. Mais je me disais que les animaux, ça ne peut pas avoir de dignité, ça ne sait pas ce que c'est. Il ne faut donc pas leur en vouloir d'être aussi cons. Je me suis alors frayé un chemin en me retenant de ne pas en shooter un au passage. J'ai ouvert les grandes portes du garage. Le jour et les canards y sont entrés avant moi et tandis que la lumière faisait son boulot, les canards se sont jetés sur le sac de maïs. Ce qui fait que j'ai crié comme une truie qu'on saigne pour qu'ils décampent car je savais que lorsqu'ils étaient tout excités comme ça, ils chiaient partout, j'ai crié, mais en vain. Bon, alors j'ai saisi le sac et je n'ai pas même pris la peine de faire «petits, petits». Ils piétinaient déjà tous autour de moi, le cou tendu comme des oisillons, la gueule grande ouverte. Je me suis fichu au bord de l'eau et j'ai attendu un peu avant de leur lancer le maïs, histoire de leur montrer qui était le chef. Le coin-coin des canards, quand ils s'y mettent, moi, à la longue, ça me fait rire. Parce que si on y prête bien l'oreille, on entend presque de la musique, la même qu'on entend à la radio ou à la télé et, pour peu qu'on y regarde encore de plus près, on croirait même y reconnaître des gens. Comme ça va bien cinq minutes, je leur ai lancé le maïs.

Et voilà qu'ils sont tout contents, qu'ils sautent les uns sur les autres comme si c'était le jour de l'an ou qu'ils venaient de gagner la coupe du monde, enfin, un truc dans le genre. Et puis, après s'en être envoyé un bon paquet dans le gosier, ils descendent lourdement dans la flotte et flottent, les yeux hagards. Dans deux minutes ils palmeront vers des endroits plus tranquilles pour forniquer et ne rien fiche après. Car chez les canards, la vie est belle.

J'ai ouvert les vestiaires et j'ai ramassé les trucs qui traînaient. Je remarquais encore une fois que les garçons oubliaient plus de choses que les filles. Dans le vestiaire des garçons, on trouve toujours un ou deux maillots qui traînent par terre, on récupère toujours des tee-shirts accrochés aux portemanteaux, des chaussettes pourries sur les bancs. Dans le vestiaire des filles, on n'y trouve jamais rien, ou alors vraiment des trucs sans importance, des trucs que l'on est obligé de jeter car vraiment on ne sait pas quoi en faire, comme des papiers, des élastiques ou des machins comme ça. Je n'ai pas le souvenir d'avoir trouvé un maillot de bain ou une serviette dans le vestiaire des filles, pas même un savon, rien. Je ne sais pas pourquoi, les filles ça n'oublie rien. Bref, j'ai aéré parce que alors là, filles ou garçons, ça pue toujours autant. Mais ce n'est pas parce que ce sont les filles ou les garçons. Simplement, l'eau pue quand elle stagne, elle moisit le bois, les murs et tout ça.

En repartant au garage pour prendre le moteur du bateau, j'ai croisé Yves, un de la bande des habitués. Ça tombait bien parce que le moteur pesait et qu'à deux c'était bien mieux. Mais une fois le moteur installé, c'était toujours une sacrée histoire pour savoir qui allait le démarrer, simplement parce qu'on pouvait ensuite, et rien qu'à ce moment-là, se promener cinq minutes avec. Alors, j'ai dit à Yves que j'étais tout de même arrivé le premier. Il m'a dit que si je n'avais pas des fois la mémoire défaillante, il me reviendrait à l'esprit que le samedi précédent c'était déjà moi. Bon, j'ai réfléchi, comme ça, vite fait, et il avait raison. Ce qui fait que je ne suis même pas resté sur le bateau tant j'étais dégoûté. J'ai rongé mon frein sur la berge en regardant Yves piloter le Zodiac. Il tournait en rond, à fond, de grandes gerbes d'eau giclaient sur le côté. Il le faisait exprès parce qu'il savait que j'adorais ça, il me narguait, se payait ma tête, il se levait même pour vraiment s'y croire un peu plus et me montrer qu'il maîtrisait le truc comme s'il était né avec. Et vas-y qu'il tournait et virait encore et qu'il se tenait pieds joints maintenant pour vraiment avoir du style et que de l'autre main il se recoiffait tant il était à l'aise. Bref, Francis est sorti du bureau et s'est pointé sur le ponton en gueulant. Alors Yves s'est rassis mine de rien, il a réduit les gaz et a accosté le ponton comme s'il avait peur de lui faire mal. Il a coupé le moteur et il est sorti du Zodiac sans redresser la tête.

– Vous m'emmerdez sérieusement avec ce Zodiac, lui fait Francis.

Alors là, c'est tout juste si Yves ne s'est pas mis a ramper.

– Regarde-moi quand je te parle, Yves !

Yves a redressé la tête, on aurait dit qu'il venait de perdre sa mère.

– Vous m'emmerdez sérieusement avec ce Zodiac, t'as compris !

Et comme Francis avait le sentiment qu'Yves venait de perdre aussi son père, il a laissé tomber. Il lui a demandé d'aller lui balayer le garage et de mettre un peu d'ordre dans les gilets de sauvetage et que moi, au lieu de rester là comme un couillon, j'aille lui filer un coup de main.

Je n'aime pas voir les gens se faire engueuler, je n'aime pas quand ils ne savent plus où se fiche, quand ils sont tout honteux, je suis toujours bien plus ennuyé qu'eux. De plus, les canards cancanaient et j'étais sûr qu'Yves le prenait mal car on avait la fichue impression qu'ils se payaient sa tête. Je marchais à ses côtés alors qu'il regardait toujours ses pieds. Je n'osais pas croiser son regard, le mettre mal à l'aise, j'avais envie de lui dire que ce n'était pas grave, qu'on en avait rien à fiche de tout ça, qu'un jour ou l'autre il s'achèterait un Zodiac pour lui tout seul et qu'il viendrait narguer Francis avec, en faisant hurler le moteur devant son bureau. Mais j'avais aussi le sentiment que les canards interceptaient mes pensées parce qu'ils sont repartis de plus belle à cancaner. Alors Yves s'est baissé et a ramassé deux trois cailloux qu'il a lancé rageusement sur les canards sans pouvoir les atteindre. Ça a fait deux trois plouf et six coin-coin, des coin-coin vraiment moqueurs. Yves était fou.

On est entrés dans le garage, juste pour faire croire qu'on allait travailler. Je savais déjà que tout était en ordre et que, sinon de tout défaire pour tout refaire encore, il n'y avait pas grand-chose à glander. J'ai tout de même jeté un œil sur les planches à voile afin de vérifier s'il restait quelques trous à colmater, histoire d'être tranquille avec ma conscience. Yves s'est assis en soupirant sur une pile de vieux gilets de sauvetage. C'étaient des vieux gilets tout pourris qu'on n'osait pas jeter, eux aussi nous avaient vus grandir, ils faisaient un peu partie de notre vie. «Cherche pas, il me dit, y a rien à faire.» Pour la simple raison que nous avions passé une bonne partie de l'hiver à réparer le matériel en vue de la prochaine saison. Depuis deux bons mois déjà nous étions prêts à recevoir les déferlantes de groupes et de touristes, des flots de gens sans une once de scrupules qui vous bousillaient tout le matos. «Viens, on va plutôt ouvrir la buvette, ça sera déjà fait.»

La base nautique était une ferme landaise rénovée.

Un paysan devait y crever des cochons, gaver des oies, élever des poules et des lapins, à l'époque où le lac n'existait pas, car il n'a pas toujours existé. Il ne passait qu'un ruisseau, à vingt ou trente mètres de la ferme, un ruisseau puis, tout autour, des marais.

Francis avait investi les lieux bien avant que la municipalité ait eu l'idée du lac. Je me souviens d'avoir navigué en canoë sur ce cours d'eau, mais ça remonte à loin. Puis ils ont décidé de réduire le cours de ce ruisseau afin qu'en amont celui-ci déborde de son lit et inonde le marais. Alors ça nous a fait un joli lac artificiel avec une plage et toutim. Francis en profita pour développer ses activités, avec un lac on pouvait voir et rêver bien plus grand. Et voilà qu'on s'est retrouvés avec une tripotée d'Optimiste, de dériveurs et autres planches à voile. Plus loin, sur la plage, s'installèrent des baigneurs, des MNS et des pédalos. Jamais pratiqué le pédalo, je n'aime pas pédaler sur l'eau.

Bref, on a ouvert la buvette. Mais il était bien trop tôt pour y voir rappliquer un client. Des petits vieux en général, des trucs tout lents et tout tordus qui marchaient de travers et couinaient sur les sentiers pédestres, des trucs qui mettaient des heures à boucler le tour du lac car ils s'arrêtaient tous les dix mètres pour reprendre leur souffle et soulager leurs articulations. Certains marchaient seuls, d'autres s'accompagnaient bras dessus bras dessous de sorte qu'en se tenant ainsi et allant chacun de son travers, ils arrivaient à marcher droit et tenir le cap sans jamais tomber dans le lac. Mais si je le dis comme ça, on ne doit pas s'en rendre compte. D'abord, on doit croire que tous les vieux couinent et sont tordus et ce n'est pas tout à fait exact. Certains arrivent à courir encore tant bien que mal ou à faire des trucs qui demandent des efforts. Mais pas ici donc, pas autour du lac. Autour du lac, on ne voit que des vieux tels que j'en parle, des vieux rhumatisants. C'est un bled thermal et les bleds thermaux pour les vieux rhumatisants, c'est comme le papier tue-mouches pour les mouches : ils viennent tous s'y coller. Mon père me dit souvent que c'est du bricolage tout ça, qu'on rafistole, que jamais on ne pourra faire du neuf avec du vieux, qu'il faut arrêter ce trafic mercantile, cette aberrante illusion. Tout ça pour dire que les clients de la buvette sont le plus souvent des petits vieux à deux ou trois doigts de la fin. Alors ils arrivent de travers, tout suants et tout suffocants car les sentiers sont longs et que la chaleur assomme tout ce qui bouge et même ce qui ne bouge pas. Puis ils s'assoient avec prudence afin de ne pas se péter un rein ou un genou. D'une main ils lèvent la canne, comme ça, sans vous regarder, de l'autre ils se tamponnent le front avec un mouchoir et ils couinent pour avoir un cône à la vanille ou un Orangina.

On a sorti les chaises et les tables, ouvert les parasols, passé un coup d'éponge et donné un petit coup de balai sur la petite terrasse de sorte qu'à neuf heures tous les petits vieux et toutes les petites vieilles de la terre pouvaient bien débarquer. Yves oubliait déjà, parce que les engueulades comme celle-ci étaient fréquentes et qu'on s'y était habitués. Ce qui fait qu'on est repartis voir

Francis dans son bureau pour lui dire d'une part que tout roulait au poil et d'autre part pour connaître un peu la suite des événements. De toute façon ce jour-là semblait bien compromis pour le vent, on devait songer à se distraire autrement qu'en planche à voile. Faut préciser que la planche à voile, c'était notre truc, et que les jours sans, c'étaient pour nous des jours fichus.

Lorsqu'on s'est pointés dans son bureau, Francis semblait toujours dubitatif devant le planning. Il gonflait de temps en temps ses joues en faisant circuler l'air de droite à gauche et de gauche a droite. Il a jeté un petit coup d'œil dans notre direction.

– Bon, bon, bon, eh bien c'est pas gagné les Quiqui. On a du pain sur la planche. On aura six groupes pour cet été. Va falloir faire attention au matériel. Pour vous donner une petite idée de la situation, l'an dernier nous en avions accueilli trois et, si vous vous en souvenez, c'était déjà la zizanie.

– Ils arrivent quand ? je lui demande.

– Les premiers dans trois jours, de la banlieue parisienne, une quinzaine de gars.

– Ils restent longtemps ?

– Dix jours.

– Ça nous fait pas peur, lui dit Yves.

Francis a souri bonnement, il est vrai qu'on s'y croyait. On se croyait indispensables à la base. Mais dans le fond, la base pouvait bien marcher sans nous, comme tout peut marcher sans nous, Francis et ses deux monos y arrivaient tranquille. Rien ne justifiait notre présence, sinon pour lui donner une âme, résister peut-être aussi à l'invasion des vieux, on était simplement là parce que Francis le voulait bien, parce qu'il aimait les jeunes et qu'il préférait les savoir près de lui plutôt qu'à traîner comme des âmes en peine au bowling ou encore à déconner en scoot. Ce devait être un peu sa mission : occuper les jeunes et les distraire le plus longtemps possible, leur faire passer le cap, la période de tous les dangers, et sans trop d'embrouilles. « Je sais que ça ne vous fait pas peur, les Quiqui, c'est pour cette raison que vous êtes là. » On s'est sentis alors le torse de Schwarzenegger et les jambes de Van Damme. Et dix mille groupes pouvaient bien débarquer, et quand ils le voulaient, on allait se défendre, faire reculer l'ennemi et le tordre et le rompre. Les voilà prévenus.

Les autres de la bande sont arrivés en même temps. Francis nous a alors demandé gentiment de dégager un peu du bureau, de fermer la porte et d'aller voir ailleurs s'il y était car, comme on y allait à se raconter des trucs tous azimuts, il n'aurait pas même pu entendre le téléphone sonner. On est sortis. Sur les berges du lac, les petits vieux pointaient déjà leur nez. Ça faisait comme dans un stade avant un match ; d'abord vous avez deux trois pékins deux trois jours avant le coup d'envoi vu que c'est important, puis doucement, doucement, au fur et à mesure que l'heure approche, les tribunes se remplissent, doucement, sans que l'on puisse se dire, tiens, en voilà un autre. Seulement, à un moment, vous êtes envahi, ils sont partout et les tribunes sont pleines. Eh bien, autour du lac c'est la même chose, ils débarquent sournoisement, on jurerait même qu'ils tombent des arbres car, sacré nom d'un chien, on ne peut jamais savoir précisément d'où ils arrivent. Je trouve ça énervant, vraiment. Et puis ce ne sont pas des clameurs que l'on entend. Non, on entend des trucs bizarres, comme si les flots du lac étaient rouillés, ça grince, tant et si bien qu'à la fin il faut se prendre la tête à deux mains. Je préfère de loin le coin-coin des canards.

Puisque Francis ne nous avait donné aucun ordre particulier, on a sorti la table de ping-pong ainsi que le filet de volley. On les a installés sur le théâtre de verdure, derrière la base. On s'occupait en quelque sorte et, jetant de temps en temps un œil vers les cieux clairs et limpides, on redoutait de s'occuper encore longtemps comme ça, on redoutait que le vent ne nous lâche pour ce jour-là, on n'était même pas très loin de se dire qu'on allait pouvoir se brosser pour faire de la planche. C'est rare dans la région qu'il y ait beau temps et aussi du vent.

On a tous chopé le virus à la même époque, plus précisément le jour où Francis est revenu avec dix planches à voile dans son fourgon. Voilà un petit bout de temps qu'il nous en parlait mais on ne voyait jamais rien venir. Si bien qu'on avait même fini par ne plus y croire. Puis, un beau matin, il nous dit comme ça qu'il part pour un rendez-vous important à la mairie. Il nous demande de rester tranquilles en son absence, qu'il en a pour une petite heure. Trois quarts d'heure plus tard, le voilà de retour, on l'entend klaxonner avec insistance sur le parking. Mais personne ne bouge puisqu'il arrive que Francis klaxonne simplement pour qu'on le débarrasse de deux trois bricoles dans le fourgon, juste pour nous montrer qui est le chef. Donc personne ne bouge et ça klaxonne toujours autant, puis le klaxon cesse et on l'entend gueuler. Ça, c'est le signe, la limite à ne pas dépasser. Ce qui fait qu'on s'y rend tous avant qu'il ne s'énerve tout à fait. On se pointe lentement, comme si de rien n'était, Francis est appuyé contre l'avant du fourgon, il nous attend les bras croisés et, à voir sa tête, on se dit que l'on débarque juste à temps. « Vous m'emmerdez, les Quiqui, ça fait deux heures que je klaxonne. Videz-moi ce fourgon, et fissa. » Donc on la ferme, ce n'est pas le moment de l'ouvrir, on s'exécute profil bas.

Nom d'une pipe en cire ! Sacré nom d'une pipe en cire ! On ne peut pas les compter, elles sont trop nombreuses, dans leur film de bulles comme un écrin, les planches à voile, comme il nous les avait promises, c'est lumineux. Alors on se recule, en demi-cercle, parce que de près ça nous fait sacrément mal aux yeux. On regarde encore, on n'y croit pas. L'odeur du neuf nous fend les narines, les mâts pointent dans notre direction comme s'ils nous montraient du doigt, comme s'ils désignaient leurs futurs maîtres. Alors là on se met tous à sauter dans les airs, à se rouler par terre, à faire des cabrioles, à cancaner, on saute, on saute partout, on se roule, on culbute, on dresse des poings victorieux vers le ciel, on se tire les oreilles, on se fiche des doigts dans le nez, on se tire les cheveux, on s'embrasse, on fait des grands écarts, des poiriers, des entrechats, on cancane encore, on mord la poussière, on la mange, on la dévore, on vibre, on tremble, on fait des loopings, on pique, on tangue, on chavire, on dérape, on glisse, on s'épuise, on n'en peut plus… La colère de Francis s'est évaporée, notre joie lui va droit au cœur, il nous regarde encore la tête un peu basse et il a les larmes aux yeux. Alors on va pour lui dire merci mais il tend ses bras. « Ça va, ça va. »

Une bonne heure plus tard nous sommes tous à l'eau et ce n'est pas simplement une façon de dire les choses, tous à l'eau car il nous est impossible de rester debout sur ces planches à voile. Sitôt montés dessus, voilà que l'on retombe. Si bien qu'on finit par se dire que cette invention de la mort est vraiment un attrape-couillon et qu'on s'est peut-être excités trop vite. Vas-y que l'on se ramasse sans cesse, trempés comme des serpillières, les genoux en sang et les mains en feu à toujours vouloir sortir cette voile de l'eau. Puis tout à coup on entend un cri, un cri puissant, comme si on arrachait les jambes d'un type, les jambes et les bras avec, un cri qui effraie les canards et qui fait frissonner l'eau comme l'onde d'une grosse explosion, un cri qui nous laisse transis sur nos planches. C'est Olive, un de la bande, il se tient bizarrement sur sa planche, à la manière de n'importe qui sur des toilettes à la turque, mais il tient bien sa voile tendue et il avance, il glisse sur l'eau, le vent l'emporte, il en peut plus de joie et de plaisir, c'est magique, ça va tout seul, et il gueule encore, ça nous fiche les nerfs. Mais voilà qu'à force d'entêtement, comme des petits poussins qui sortent de l'œuf, les uns après les autres, chacun réussit à se tenir debout avec ce wishbone dans les mains, chacun avance et surfe grâce à l'opération du Saint-Esprit. Ce qui fait que le lac semble n'être qu'une vaste et bruyante cuvette en émail où quatre ou cinq pékins tentent de faire leurs besoins tout en hurlant à la mort. Depuis, on a fait quand même pas mal de progrès.

Ce jour-là, comme nous l'avions redouté, le vent n'a pas soufflé. Donc volley, deux trois tournantes au ping-pong, etc., mais sans trop d'enthousiasme. Hervé, un autre de la bande, est même rentré bien avant la fermeture de la base tant de se voir glander l'énervait. On avait tanné Francis pour mater sur l'ordinateur les prévisions météorologiques, il avait cédé. Mais ces types de la météo ne nous donnaient guère que des mauvaises nouvelles : du beau temps partout et pour longtemps. On savait qu'il allait falloir patienter, pourtant on s'excitait déjà rien qu'à l'idée de savoir que lorsque le mauvais temps reviendrait, il n'allait pas faire semblant de revenir, comme souvent après une longue période de beau temps. Après une longue période de chaleur, le vent soufflait dix fois plus fort, et rarement on s'éclatait autant. Mais bon, en attendant, on ne vivait plus.

Lors du déjeuner que l'on récupérait avec Francis au centre aéré et que l'on ramenait à la base pour manger tranquillement sous les parasols, nous avons bataillé sur la saison qui s'annonçait difficile. Enfin, bataillé, autant que les petits vieux nous en ont laissé l'occasion. On a passé le plus clair de notre temps à répondre à leur politesse qu'à discuter ou vider nos assiettes.

C'est-à-dire que lors de leurs incessantes allées et venues devant notre tablée, les petits vieux nous souhaitent bon appétit, ce qui fait que bien élevés on répond toujours merci, et qu'on n'en peut plus de répondre, il nous en passe comme ça de partout et par wagons. Alors, au fur et à mesure que le repas avance, on s'organise. L'un d'entre nous répond bien fort merci pour les autres qui se contentent de sourire la bouche pleine ou pas.

– Je veux que toutes les planches non utilisées soient immédiatement rangées, nous dit Francis. Je ne veux surtout pas les voir traîner sur la berge à la merci des barbares. Ils vont tout nous massacrer. Et cela vaut pour le reste du matériel, les dériveurs entre autres, surtout les dériveurs, l'an dernier ils s'en servaient comme balançoire. Sur l'eau passe encore, mais à sec, je ne veux…

– Merci !

– … Je ne veux plus voir ça. Vous avez bien

vu le temps que l'on a passé à réparer les dégâts. Si ce n'était que le temps d'ailleurs, mais ils ont failli nous bouffer la baraque, ça nous a coûté cher ces histoires, avec l'argent qu'on y a perdu on aurait pu s'acheter un nouvel ordinateur...

– Merci !

– ... Vous avez intérêt à être disciplinés, les Quiqui. Comme les gilets, je ne veux pas en voir traîner un, ils ont une place, alors dès qu'ils ont fini, vous prenez les gilets et vous les rangez. Les pagaies, c'est la même chose, elles ont une place, alors pas d'histoires, mais surtout, surtout, ne les...

– Merci !

– ... Ne les laissez...

– Merci !

– ... Ne les laissez pas traîner les embarcations. On s'y prend à plusieurs s'il le faut. Pas question que j'entende encore ces Optimiste ramper sur vingt mètres, ça me tord les boyaux. Pour cela, j'ai une bonne nouvelle, à la...

– Merci !

– ... À la rentrée, nous aurons du sable, ils vont nous couvrir cette maudite berge de sable, c'est pas trop tôt.

– Pour le matériel, dit Yves, pourquoi on mettrait pas quelqu'un en permanence dans le garage. Il resterait derrière le passe et distribuerait le matériel, ça éviterait les allées et venues dans le garage et au moins on serait sûrs que tout est bien rangé.

Yves semblait tout à fait fier de sa remarque et de son esprit d'initiative.

– C'est une bonne idée, lui dit Francis, tu resteras derrière le passe, de toute façon il fallait quelqu'un pour les locations.

– Merci !

– Enfin, dit Yves qui ne se voyait pas passer tout l'été comme un glandu derrière le passe, je disais ça comme ça, c'était rien qu'une idée, c'est pas obligé.

– Si, si, c'est une bonne idée, Yves, il faut la garder.

Yves s'en voulait à mort, je suppose qu'il était en train de se traiter de tous les noms de volatiles et de choses aquatiques, de se demander pourquoi sacré nom d'une brouette, il l'avait ramenée.

– On tournera alors !

– Parce que tu te crois au-dessus du lot, Yves, parce que déjà tu te prends pour un chef, tu vaux bien mieux que tes camarades, tu estimes cette tâche bien trop basse pour toi. Mais dis-moi, à qui pensais-tu alors, à qui voulais-tu confier ce boulot ?

– Je disais ça comme ça.

– J'aime pas ces manières, lui dit Francis, j'aime pas ces manières du tout, tu devrais avoir honte. Vous êtes tous logés ici et avec moi à la même enseigne, et tant que je serai là, les choses iront ainsi. Je vais t'expliquer un truc, admettons que tu sois le chef, admettons que quelqu'un d'autre que toi soit au passe et qu'il vienne te demander un conseil parce qu'il ne sait pas comment résoudre son problème de boulot. Il va falloir que tu m'expliques comment toi tu le résoudras si tu ne sais pas même de quoi il te parle...

– Merci !

– On est d'accord, Yves ?

Yves ne savait plus très bien où se fiche, il secouait son flan dans l'assiette.

– On n'en parle plus. Autre chose encore, les Quiqui, le dortoir du haut est interdit aux groupes, ils n'ont rien à y faire, je veux voir cette porte toujours fermée. C'est idem pour le labo photo, personne n'a rien à y faire et il restera fermé tout l'été. Bon, la buvette maintenant. On tournera, Yves, chaque semaine, quelqu'un en aura la responsabilité, et je ne veux pas de bordel comme l'an dernier, je veux des comptes justes, des inventaires sans faille. Si vous avez des doutes, je suis là, le moindre problème, je suis là, et si je suis absent, Yves, vous demandez à Pascal ou à Françoise, s'ils ne sont pas trop occupés à donner leurs leçons, n'allez pas les emmerder sur la flotte. Bon, je crois qu'on a fait le tour, j'ai déjà préparé le planning de la plonge, si vous n'y avez pas fait attention, il est sur la porte du frigo. Aujourd'hui, c'est à Pascal, Françoise et moi. Cela dit, Yves, ce serait bien que tu ailles nous faire chauffer le café.

Durant tout l'après-midi la chaleur nous a étouffés. Les petits vieux se traînaient lamentablement, la langue pendue jusqu'au bout du menton. Ils tournaient pourtant et tournaient toujours autour du lac comme si vraiment il ne fallait jamais s'arrêter. Peut-être tenaient-ils encore à se prouver des choses, à nous prouver je ne sais quoi car vu leurs tronches, tout de même, je pense qu'ils n'allaient pas ainsi pour se faire du bien ou pour le plaisir.

Nous n'avons rien loué de la journée, pas même un canoë. Pourtant, le lac luisait comme une patinoire et c'est toujours le meilleur moment pour naviguer. Les gens préfèrent le pédalo, je crois, parce que ça va tout seul sur l'eau. Le pédalo, c'est la gondole des blaireaux.

À une époque, Francis nous envoyait d'office à la baille avec les canoës. Il nous demandait d'aller naviguer devant la plage histoire d'attirer la clientèle, histoire de leur donner des idées.

Alors, on joue les crétins comme ça, derrière la limite de baignade, on gueule, on rit, enfin, tous ces petits trucs qui donnent l'illusion. Et puis on rentre au bout d'un petit quart d'heure avec le vague sentiment d'avoir l'air con.

Francis ne savait plus quoi entreprendre pour intéresser les gens, leur indifférence le désespérait. C'est ainsi que l'argent rentrait dans la caisse, en bougeant les gens. Et pas d'argent, pas de sortie voile, pas d'argent, pas de nouveau matériel, pas d'argent, pas bésef d'avenir, les enfants dont il se chargeait semblaient voués à s'emmerder ferme. Encore une fois, les planches à voile nous avaient sauvés du naufrage, la location marchait du feu de Dieu, enfin les jours où soufflait un peu de vent.

Bref, à six heures, tout plié, l'ordre régnait et chacun a pu rentrer au bercail. Moi, j'ai poussé mon vélo tout le long du trajet, la chaleur m'accablait encore, je n'avais plus la force de lutter tant il avait fallu se battre déjà, contre le soleil, l'ennui un peu, contre tout ce qui ne va pas comme on veut. Mon père aussi avait dû livrer pas mal de batailles durant cette journée qui s'achevait pour lui a priori bien plus tôt. La porte de son bureau était ouverte, signe qu'il ne travaillait déjà plus, il y faisait les cent pas en longeant les quatre murs chargés de livres. Parfois, il posait un doigt sur la tranche d'un bouquin puis repartait en haussant les épaules.

– Je suis là, papa.

– Ah ! Te voilà. Je t'attendais, tu ne veux pas aller m'acheter des cigarettes ?

Son visage semblait fatigué, fait parfois d'ombres dans le creux de ses joues et parfois de faibles lumières, comme sur son front, ses pommettes, je ne distinguais pas ses yeux dans ces obscures cavités. Dans ces moments-là, mon père était un spectre. Écrire devenait de plus en plus pénible, on le lisait sur lui de mieux en mieux. « Si tu veux », je lui fais, parce qu'il m'est impossible de lui refuser quoi que ce soit lorsque je le vois ainsi. Comme je ne pouvais non plus lui en vouloir de ne pas se préoccuper de ma journée ; comment s'était-elle passée, m'étais-je bien amusé, etc. J'ai pris l'argent qu'il me tendait et c'était un rien triste, il avait compté auparavant dans le creux de sa main le peu de monnaie qu'elle contenait. On ne roule pas sur l'or, mais on roule quand même, main dans la main en attendant des jours meilleurs. Mon père me l'a promis, il y aura des jours meilleurs. Et jamais je n'ose lui demander comment pourrions-nous en avoir de ces jours meilleurs puisque ces livres déjà écrits ne lui ont pas rapporté grand-chose et qu'il peine tant maintenant pour en écrire d'autres. Ce qui aurait dû rapporter n'a pas rapporté. Comment peut-il encore espérer ? Chaque jour qui passe semble un obstacle de moins en moins franchissable, un mur de plus en plus haut, mon père s'use pour arriver de chaque jour au lendemain. Mais il est le seul à savoir, à se connaître, il est le seul à savoir jusqu'où il peut aller. Parfois je suis même convaincu qu'il sait exactement où il va quand bien même tout semble si pénible. Et puis je ne peux pas non plus lui révéler mes doutes, mon père a besoin de moi, de mes yeux émerveillés lorsqu'il se met à rêver tout haut pour nous, lorsqu'il me parle de longs voyages et d'extraordinaires rencontres dans les jungles et les savanes. C'est ça, je crois qu'il a besoin de mes yeux pleins d'ivresse pour trouver de bonnes raisons d'écrire encore et d'avancer. Pourtant, le visage de mon père m'effraie, souvent je crois qu'il est à deux doigts de renoncer, mais de renoncer à tout, alors je fais tout, tout pour que jamais… non jamais. Mon père l'a toujours dit, il n'écrit pas pour l'argent, mais comme il ne peut vivre sans écrire, il faut que cela lui rapporte quand même un peu, il faut que le temps qu'il ne peut passer à gagner sa vie autrement, il faut que ce temps-là nous permette de vivre.

Chez le buraliste, avant d'acheter les clopes pour mon père, j'ai jeté un petit coup d'œil sur les astuces de jeux vidéo – grâce à ces lectures je gagnais pas mal de temps devant ma console, je pouvais rendre ainsi le jeu bien plus vite à celui qui me l'avait prêté, avant même qu'il ne perde patience –, puis, je vais être honnête, j'ai filé rapidement vers la fin du bouquin car on y trouve toujours des nanas à poil en photo, des nanas à poil pour présenter des logiciels de nanas à poil, ce qui est logique. Et puis personne autour ne se doute de quelque chose, quoique personne n'ait rien à dire. Puisque c'est à la portée du premier crétin venu, n'importe qui peut regarder. Alors je regarde. C'est toujours fascinant des nanas à poil. J'aurais bien du mal à l'expliquer mais ça commençait à m'intéresser sérieusement, je voulais en savoir un peu plus sur le sujet, savoir comment ça se passait en vrai. Je savais que sur les revues du haut, celles que l'on entrevoit mais qu'on ne peut jamais choper, je savais que pas mal de réponses à mes questions s'y trouvaient. J'étais vraiment curieux de savoir ce qu'il se passait, curieux de savoir pourquoi autant de garçons et de filles se courent après, pourquoi toujours dans les films ils en viennent invariablement à ce point bien précis, à trafiquer ces trucs dans un lit, à bouger dans tous les sens, à faire des pirouettes, glousser, crier, à se traiter de tous les noms gentils, à se susurrer des machins tendres et rigoler parfois. C'est qu'il se passait forcément quelque chose, quelque chose que je loupais, que je ne comprenais pas. Alors j'essayais de comprendre, de savoir, j'étais curieux, intrigué et, entre nous, je ne pense pas que cela fût malsain. Non, j'avais plutôt le sentiment que ce que je ressentais au fond de moi, si ces lectures m'aidaient un jour à l'exprimer, j'avais plutôt le sentiment d'en tirer quelque chose de beau, quelque chose qui ferait que la vie se présenterait à moi sous un autre angle.

Un jour, Tonio m'a raconté qu'il avait chopé le film sur Canal+, vous auriez dû voir dans quel état il était le Tonio, on le tenait plus. Et moi, à ce moment-là, j'avais vraiment ressenti de la jalousie. Je savais que sur Canal+ on passait des films avec plein de femmes à poil dedans, mais jamais je n'ai pu en voir un, vu qu'on a pas Canal+. Alors ce n'est pas demain la veille que je materai un film comme ça. Voilà pourquoi je jalousais Tonio. Lui, il savait à quoi s'en tenir alors, il savait exactement ce qu'il se passait. Et tout le monde lui posait plein de questions, bien sûr, tout le monde copinait avec le type qui nous devançait maintenant de deux bonnes longueurs. Qu'il ait vu le film, ça, on ne pouvait plus en douter. Ne serait-ce qu'à voir sa tronche d'hystérique, il n'en fallait pas plus pour vous convaincre. Cependant, on le connaissait bien le Tonio, on savait que toujours il en rajoutait et souvent ça nous exaspérait. Mais sur ce point-là, exactement, sincèrement, on aurait voulu qu'il nous en raconte encore des tonnes et des tonnes. « Les mecs, il nous disait, vous allez jamais me croire, y avait plein de types et de nanas à poil, ils étaient sur un bateau, tous à poil. » Bon, ça pour moi, ce n'était pas le truc nouveau, ce n'était pas le truc extraordinaire, car lorsqu'on va à la plage, on se sentirait même ridicules d'avoir nos maillots. Au contraire, avoir un maillot là où on va, ce serait bien la meilleure façon d'attirer l'attention. Mais c'est tout de même vrai que nous sommes loin du principe des films de Canal+. Je connais depuis toujours la plage alors que l'on se baigne nus et je ne prête même plus attention aux autres si tant est qu'un jour j'aie pu. Les types et les nanas qui passent à poil devant moi, même pas je les regarde, les gens à poil sur le sable, depuis le temps, ça me laisse indifférent. Ce qui m'importe, c'est ce que l'on trafique ailleurs avec ces gens et plus particulièrement ailleurs avec ces nanas. Pour nous en faire tant de fromage, Tonio devait être le seul dans cette histoire à n'avoir jamais vu des gens à poil. Alors, on le pressait afin d'abréger sur le contexte et d'en venir rapidement aux faits.

– Bon, bon, il nous dit, vous n'allez pas me croire, les types avaient tous leur truc dressé comme ça, tous, c'était hallucinant.

– Non, c'était des érections, a lancé l'un d'entre nous.

– Appelle ça comme tu veux, mais si vous commencez à m'emmerder, vous pouvez toujours courir pour que je vous raconte la suite.

– Déconne pas, Tonio !

– Ils buvaient tous du champagne et ils étaient tous complètement pétés. Les femmes faisaient la course à poil sur le pont du bateau avec leur verre à la main et tous les mecs disaient : « On va vous attraper, on va vous attraper. » C'étaient des canons les gonzesses.

– Les ont eues ?

– Pouvaient pas aller bien loin, crétin, c'était pas le *Titanic*, y avait qu'à attendre qu'elles fassent le tour du mât et puis les choper comme ça au passage. Et puis je crois qu'elles faisaient plutôt semblant de courir, genre je cours mais rattrapez-moi vite parce que j'ai pas que ça à foutre. J'étais mort de rire, les types qui couraient avec leur truc en l'air, jamais vu ça, les gars.

– Bah ! L'autre, jamais vu d'érection ?

– Que si, t'as rien à m'apprendre, crétin.

– Ben, alors ?

– Ben alors, jamais vu plein en même temps, et puis je savais pas qu'on pouvait sur un bateau, le mal de mer et tout qui remue, je pouvais pas me douter. Et puis, croyez-moi, si sans arrêt vous me coupez ça va finir par me gonfler. Bon, alors y a un mec qui a fini par en choper une au passage, il lui a piqué le verre des mains et l'a balancé à la flotte.

– De Dieu ! Il a balancé la femme à la flotte ?

– Arrrrg! Vous êtes vraiment trop cons les gars. Le verre, il a balancé le verre à la flotte, et la nana faisait semblant d'être triste, alors le type lui a dit comme ça qu'il allait la consoler. L'autre elle était pas contre. Waou! Les mecs, merde, il a pris la gonzesse et il l'a tripotée de partout, les miches et tout, l'autre elle était plus triste du tout, ils se sont embrassés en y mettant la langue, c'était dégueulasse...

– Quoi? Jamais mis la langue?

– Toi, faut que tu saches que tu commences à me brouter, que si, c'est pas ça le problème, mais jamais comme ils faisaient, là on aurait dit qu'ils faisaient de la peinture avec. Les mecs, mais attendez, vous allez jamais me croire, vous allez jamais croire ce qu'a fait la femme après, pire que la peinture, encore plus dégueulasse. Elle a pris comme ça...

Deux trois copains étaient partis avant d'entendre la fin, ils nous avaient traités de dégénérés, de dégueulasses. On les laissait dire et partir, puis on suppliait Tonio de continuer son histoire car ça commençait à bien nous brancher.

– Alors là, les autres types et les autres nanas sont arrivés et se sont dit qu'ils avaient l'air de bien s'amuser ces deux-là. La femme a jeté un coup d'œil et les a vus, alors elle a arrêté de faire son truc dégueulasse au mec qui commençait à s'énerver comme j'ai jamais vu un mec s'énerver, vrai, comme sur la chaise électrique mais en plus fort, elle leur a fait signe à tous de venir. Pas fallu leur demander deux fois, ils se sont tous mélangés sur le pont, ils rigolaient comme des malades, y avait des culs partout, des beaux et des pas beaux, une folie je vous dis... Quelle heure il est?

– Pas tard, Tonio, à peine moins dix.

– Ce qui fait que j'ai plus le temps de vous en parler les gars, vraiment, moins le quart, j'aurais pas dit, mais là, moins dix, faut que je rentre, je vais me faire jeter par ma mère sinon, je vous raconterai la suite une autre fois.

Tonio nous en avait dit juste assez pour qu'on le croie, mais pas assez pour qu'on en ait une idée bien précise. Et tandis que ce salaud nous faisait une roue arrière, moi j'étais fou de ne pas avoir entendu la suite, de ne pas avoir eu plus de précisions, et j'étais jaloux car lui connaissait tout ça maintenant.

Après avoir zieuté les publicités de CD-Rom érotiques, je suis revenu sur des pages quelconques afin de garder la revue ouverte, puis j'ai levé discrètement les yeux pour apercevoir les revues du haut. Aussi discrètement que parfois en classe lorsque je matais un peu la copie de mon voisin voir si par hasard il n'en aurait pas su plus que moi. Tout ça, sur toute l'étagère du haut. Mais toujours, je ne voyais que de moitié la couverture, je ne voyais qu'un nichon, ou la moitié du visage d'une fille contente, je voyais des peaux nues, bronzées, des lèvres très rouges et des cheveux souvent blonds. Ce qui attirait le plus mon regard, c'étaient ces revues sous plastique – les seules où l'on voyait un homme et une femme ensemble – avec le prix imprimé sur une grosse étiquette collée au film afin de cacher ce qu'il me semblait être le plus important. Je m'imaginais que tous les secrets de la terre se dissimulaient parmi ces bouquins-là, tous les trésors des hommes. Je m'imaginais que ce film plastique, c'était comme du papier cadeau et, au moment où les types l'ôtaient de leurs doigts tremblants, ainsi qu'en ouvrant un paquet à Noël, ils devaient ressentir beaucoup d'excitation. Là, devant ces étagères, levant les yeux au ciel, j'aurais voulu être invisible et m'élever comme ça, et prendre cette fichue revue et tout déchirer pour en parcourir tranquillement les pages à l'insu du monde. J'aurais voulu être libre, ne pas sentir le regard pesant de ce type qui reniflait dans mon dos en tapotant impatiemment de ses doigts sur sa caisse enregistreuse.

J'ai posé la revue et j'en ai pris une autre afin de faire croire au buraliste que je choisissais sans pouvoir me décider. À ce moment-là, un type est entré et s'est dirigé vers moi. J'ai cru qu'il allait pour me parler mais il n'en a rien fait. Il a pris sous mon nez la revue que je zieutais depuis un bon petit bout de temps et il s'est rendu tranquillement à la caisse en prenant *L'Équipe* au passage. Sacré nom d'un chien, je me suis dit, c'est pourtant simple.

J'ai fini par ressentir quelque douleur dans les yeux à tant regarder ainsi vers le haut sans pouvoir lever la tête. J'avais parcouru toute l'étagère de revues pour adultes en m'arrêtant longuement sur chacune d'elles afin d'en deviner encore plus, afin d'imaginer ce qu'il pouvait bien se tramer d'important derrière ces couvertures sensuelles et aguicheuses. Mes yeux s'étaient épuisés, ils me faisaient mal. Comme on peut avoir mal au ventre et au visage à force de rire, j'avais mal aux yeux à force de regarder tout ça. Il se passait aussi quelque chose d'incroyable dans mon sang, je le sentais couler dans mes veines, battre mes tempes, il picotait comme une boisson gazeuse, comme s'il bouillait sous un feu fort. Il se passait aussi quelque chose d'incroyable dans mon ventre, il sonnait creux, creux comme si j'avais faim, comme si jamais on ne lui avait donné à manger. Alors que mes yeux s'épuisaient à tenter de voir l'invisible, il se passait des choses étranges partout en moi et je me sentais à l'étroit, je transpirais, j'étouffais.

J'ai pris la résolution d'enfin partir, mon père se serait inquiété de ne pas me voir rentrer. Je suis sorti les mains dans les poches mais la tête basse. Je craignais qu'on lise sur mon visage toute ma gêne, tout mon trouble et, bien que plaisants pour moi, je ne voulais les partager avec personne et encore moins avec un buraliste qui tapotait nerveusement du bout de ses doigts sur une caisse enregistreuse. J'ai enfourché mon vélo et j'ai pédalé comme un fou. Je voulais épuiser tout ce que je ressentais, taire tous les bruits en moi, tous les cris que j'entendais. Cinq cents mètres plus loin, j'ai freiné brusquement. Je devais repartir au tabac. Mon père n'aurait pas compris que je revienne si tard et surtout sans ses cigarettes, je me voyais mal rentrer dans les détails.

Lorsque je suis arrivé, la table était déjà dressée et un plat de purée fumait au milieu, mon père n'attendait plus que moi pour faire frire les œufs. Lorsqu'il a posé la poêle sur le feu, je l'ai entendu maugréer quelques trucs au sujet de la plaque chauffante, il lui en voulait d'être aussi grasse et un jour ou l'autre il allait finir par lui filer un coup de propre.

Je me sers de la purée, mon père y glisse les œufs dessus, se sert à son tour puis s'assoit. Il regarde son assiette et se demande pourquoi il n'a pas faim, pourquoi nom de Dieu, il n'a *jamais* faim.

Je lui ai dit que c'était normal, peut-être à cause de ses soucis. J'aurais pu lui dire n'importe quoi, n'importe quoi pour qu'il comprenne que même si je n'en savais rien de ses histoires d'adulte, même si je ne pouvais jamais comprendre, je serais toujours avec lui, jamais je ne lui en voudrais d'être ainsi, jamais de ne pas être un père comme tous les pères avec des sourires et tout ça, jamais de ne pas me poser mille questions sur ma vie à moi, jamais de ne pas me rendre heureux comme on entend toujours le bonheur. Je ne sais pas pourquoi mais je m'imaginais que ce devait être à moi d'être un fils comme tous les fils, de poser mille questions sur sa vie à lui, de le rendre heureux comme on entend toujours le bonheur. « Peut-être », il me dit. Mon père ne semblait pas convaincu. J'ai cherché alors d'autres raisons, mais bien plus pour l'intéresser que pour trouver une explication, bien plus pour qu'il me parle encore, pour qu'il se passe quelque chose entre nous, qu'il existe. Je voulais que mon père sache, mais je craignais parfois de ne pas faire le poids, d'être un lien trop mince entre lui et la vie. Il a fini par crever son œuf avec un morceau de pain. Sans conviction il l'a porté à sa bouche. Du jaune a dégouliné un peu sur son menton. Je me suis alors levé pour prendre du Sopalin. Il s'était déjà essuyé avec le revers de sa main.

Le lendemain, la chaleur gagnait deux trois degrés, et pas un brin d'air. Le lac commençait même à sentir la friture. Olive jouait nonchalamment de la guitare sous un parasol de la buvette, le manche était mou et les cordes élastiques, ses airs fondaient et, tout en fondant ainsi, nous emmerdait bien plus que le soleil. À tel point que l'envie de lui enrouler sa guitare autour du coup me démangeait. Mais fallait-il encore en avoir la force.

Les canards non plus ne se sentaient guère la force, pas plus de palmer, de cancaner que de forniquer. À peine les entendait-on faire un coin, car ce soleil de plomb leur en bouchait l'autre. Ils se terraient à l'ombre des arbres en attendant patiemment que le soleil gagne plus ou moins l'horizon afin de déconner sur l'eau. De toute façon, ils avaient déjà bouffé une sacrée dose de maïs le matin même et ainsi bien rempli leur ventre et la journée. Car chez les canards, la vie est belle.

Seuls les petits vieux montraient du courage. Même si leur allure ralentissait à vue d'œil – et à tel point que le temps qu'ils approchent, qu'ils passent et qu'ils s'éloignent enfin de nous, on aurait pu tenir avec eux une bonne conversation sur la pluie et le beau temps –, ils persistaient pourtant à tourner autour du lac avec un mouchoir humide sur la tête. Un mouchoir qui séchait très vite et qu'ils devaient sans cesse retremper dans le lac. Que n'étions-nous derrière eux à ce moment-là, ainsi penchés, pour leur filer un petit coup de pied comme ça par-derrière. C'était lent, laborieux, comme dans ces mauvais rêves où vous éprouvez toutes les peines du monde à mettre un pied devant l'autre, où une main invisible vous retient par l'épaule et freine vos élans. Je les regardais faire en buvant à l'ombre d'un parasol un Orangina mal secoué, et je souffrais pour eux.

Un jour, alors que je rigolais de mon arrière-grand-père qui se balançait sur son rocking-chair et qui sans cesse me répétait que j'étais une jolie fille et que j'avais tort de m'habiller comme un vilain garçon, mon père vint me voir et me prit d'une main par le col de la chemise pour m'élever comme ça dans les airs. Alors que mes pieds, façon de parler, brassaient le vide, il m'enfonça un doigt dans le nez en me demandant de bien l'écouter et de faire très attention. Il fallait que je m'estime heureux d'être une jolie fille parce qu'un jour aussi je serai très vieille et qu'alors mes arrière-petits-enfants seront peut-être des poissons panés ou des Tortues Ninja. J'avais levé la main comme ça pour lui dire que j'entendais bien ce qu'il voulait que je comprenne, qu'il pouvait maintenant retirer son doigt de mon nez et me poser à terre. Mon arrière-grand-père sur son rocking-chair avait applaudi sa petite-fille pour cette abracadabrante leçon de choses improbables. Plus tard, on allait lui rendre visite à peu près tous les quinze jours en maison de repos pour lui tenir un peu compagnie. Vous le trouviez là, tout maigre, dans un pyjama en coton rouge, assis sur son lit puisqu'il en avait encore la force, il vous regardait ainsi vaguement, et chantait des chansons aux airs mélancoliques que vous ne compreniez pas. Il était tout à fait incapable d'entretenir une conversation avec vous. Ce jour-là, alors que nous étions assis en face de son lit et qu'on l'écoutait patiemment nous chanter ses chansons tout en battant la mesure du pied, il stoppa net au beau milieu d'un refrain et m'appela. Je regardai mon père afin de lui demander conseil car je ne savais pas vraiment à quoi m'en tenir. Mon père me fit une petite moue et un signe de la tête pour me faire comprendre que je ne risquais rien. Je m'étais rendu à ses côtés et il avait saisi ma main en y glissant quelque chose. C'était un cadenas, un petit cadenas de fête foraine, un truc à deux balles à tout casser. Je lui dis merci et j'allai pour me rasseoir. Mais il me demanda de m'approcher plus près de lui afin de me dire quelque chose à l'oreille, il se méfiait de tout le monde en général et plus particulièrement des infirmières.

– Tu vois, il me dit en lorgnant avec suspicion tout autour de nous, ce cadenas, il vaut cinquante mille, je te le donne. Il sert à bien fermer mon armoire, parce que c'est tous des voleurs ici, ils volent tout, avec ça au moins ils peuvent toujours essayer.

– Mais pourquoi tu me le donnes alors ?

– Bah ! Ils vont me le piquer aussi, c'est des voleurs, je te dis.

Je lui dis encore merci sans chercher à comprendre et je repartis m'asseoir en glissant le cadenas dans ma poche tandis qu'il reprenait sa chanson triste là où il l'avait abandonnée. Alors quand même, devenir vieux, j'aimerais bien voir ça.

Disons qu'en plus de cette chaleur, sinon Olive, on commençait sérieusement à ne plus trop savoir que fiche de nos dix doigts. Et si toutefois on trouvait une idée pour se distraire, devait-elle être tout d'abord pas trop fatigante. Bref, on allait régulièrement se rafraîchir dans le lac pour se fiche de nouveau sous les parasols de la buvette où Olive n'en finissait jamais de jouer ses airs coulants. Entre deux morceaux, je pensais alors à Tonio, je me disais qu'il devait être avec sa copine à l'heure qu'il était. En rentrant de vacances, il aurait encore plein de trucs à me raconter, je me sentirais une fois de plus jaloux de lui.

J'ai déjà eu des copines en fait, oui, quand même, sans compter celle de cette histoire. Elles étaient deux, mais vraiment sans importance, ce sont elles qui voulaient, pas moi. Je ne sais pas encore dire non quand il le faut, alors il m'arrive de faire des trucs bien malgré moi. Un jour, même une m'a pris la main et me l'a posée sur son nichon. Dire que je n'étais pas curieux, ce serait mentir et que mon âme aille en enfer, mais j'étais convaincu qu'il me fallait quelque chose de plus que de la simple curiosité pour lui tripoter vraiment son nichon et ainsi y prendre un autre plaisir. Mon problème, c'est que tout ce que je ressentais, je ne désirais pas le faire connaître à n'importe qui et certainement pas à une fille qui me prenait comme ça la main pour se tripoter cinq minutes avec. Je me disais qu'un jour, toute la fièvre que je ressentais, comme lorsque j'apercevais ces revues chez le buraliste, cette fièvre, je la partagerais avec une fille qui aurait pour moi quelque chose en plus. Alors là oui, alors là je me doutais bien que l'envie de lui montrer ça me brûlerait, je me doutais bien que je n'aurais pas peur de lui faire sentir tout ce qui grouillait en moi, je me doutais bien que quelque chose allait exploser puis s'éclaircir. Mais ce sont des trucs privés, intimes, des trucs qu'on ne révèle pas comme ça, qui n'explosent pas n'importe où, avec n'importe qui et à tout bout de champ. J'avais une vague idée de ce que voulait dire amour, comme une intuition.

Bref, on glandait grave à la base. Un couple de petits vieux avec chacun un mouchoir sur la tête avait renoncé à la promenade. Ils s'étaient assis à la buvette, décomposés. On aurait dit qu'ils allaient s'effondrer la tête la première sur la table. Ils rougissaient et suintaient, ils tremblaient, ils gobaient tout l'air qu'ils pouvaient en regardant parfois le ciel. Bon, lorsque j'ai vu ça, je me suis levé tant bien que mal pour leur demander ce qu'ils désiraient boire. Ils voulaient deux Orangina. Je leur ai apporté les collations avec deux pailles et ils m'ont filé dix-huit francs car c'était le prix. Puis, à les voir ainsi biberonner, je me suis dit qu'ils allaient peut-être nous passer l'après-midi là. De plus, ils trouvaient qu'Olive jouait bien à la guitare ces airs qui vous emportent mollement, puisqu'ils balançaient un peu la tête, comme les petits chiens de voiture, sur la plage arrière.

Nos deux petits croûtons ont déjà retrouvé de bonnes couleurs, et le sourire aussi, si bien que je prie pour qu'Olive n'accélère pas la cadence. Pareil, à ce rythme, ces sacrés vieux, après deux autres gorgées d'Orangina, finiraient bien par nous grimper sur une table pour guincher comme en quarante. Ils n'en font rien. Lorsqu'ils ont enfin bu leurs bouteilles, ils me demandent une carafe d'eau ce qui fait que je suis définitivement convaincu qu'ils vont finir leur après-midi ici à écouter jouer Olive. Pas du tout. Le petit vieux ôte le mouchoir de sa tête et y verse dessus un peu de flotte. Idem pour la vieille, et ils s'en vont ainsi avec leurs mouchoirs sur la tête, bras dessus bras dessous, en nous faisant un petit signe de la main comme quoi nous sommes bien gentils mais qu'ils n'ont pas que ça à foutre.

Il était urgent que ces groupes arrivent enfin pour animer un peu la base. Même Francis tournait en rond maintenant, il ne pouvait pas non plus regarder et analyser ses plannings à longueur de journée comme vous pouvez regarder le ciel à longueur de nuit. Il aurait d'ailleurs fallu qu'il soit vraiment de mauvaise foi pour nous trouver un peu de travail. Les deux monos, qui n'en avaient pas plus à foutre que nous, bataillaient assis sur le ponton en lançant des cailloux pour faire parfois des ronds dans l'eau. D'autres fois, ils arrivaient à choper un canard au passage. Au loin, vous entendiez les cris incessants des enfants jouant sur la plage. Ils s'amusaient bien mais ces démonstrations de joie vous tapaient sur le système, et à tous sans exception. Francis a alors sorti une enceinte de la chaîne hi-fi pour la poser sur l'appui de la fenêtre. Il a fichu la radio et monté le son quasi à fond ce qui fait que lorsque les petits vieux passaient devant la base, ils se tenaient le mouchoir sur la tête et courbaient un peu plus le dos comme les jours de tempête. Bon, ce n'était pas très marrant pour les petits vieux, mais au moins, vous n'entendiez plus les enfants hurler comme des mouettes sur la plage. Vous pouviez avoir enfin le sentiment de n'être plus seuls à ronger votre ennui autour de ce lac.

« Oui, vivement le lendemain. Vivement qu'arrivent ces fichus banlieusards. Et qu'ils amènent avec eux un peu de joie un peu de vent, et surtout plein de jolies filles. On ira faire des tours en bateau pour visiter le lac. On aura des Orangina, du Pepsi et du Coca. On fera bien les cons.

Oui, vivement le lendemain, vivement qu'arrivent ces fichus banlieusards. Et qu'ils amènent avec eux un peu de joie, un peu de vent, et surtout plein de jolies filles. Un peu de joie parce qu'on est tristes. Un peu de vent parce qu'on s'emmerde. Et plein de jolies filles parce qu'on est des garçons. »

Bref, nous en étions rendus là. Olive avait inventé cette chanson et on avait fini par la reprendre tous en chœur sur la terrasse de la buvette. Ainsi, comme l'ennui, le temps passait.

Voilà des journées comme on n'aimait pas, des journées à attendre avec impatience le lendemain dans l'espoir qu'il soit meilleur. Voilà des journées qui ne nous avançaient guère, des journées fichues. Et je pensais aux petits vieux et je me disais – comme je n'avais rien à foutre – qu'en fin de compte ils avaient dû vivre un paquet de semblables journées. Oui, à aller ainsi autour du lac, peut-être tentait-on de rattraper toutes ces journées foireuses, toutes ces journées perdues qu'on n'a jamais su vraiment vivre et remplir et qu'alors, à regarder ainsi derrière soi, un sentiment désagréable étreint le cœur, comme lorsque vous gâchez quelque chose. C'est ça, je crois qu'ils remontaient le temps à tourner comme ça péniblement autour du lac, ils voulaient peut-être retrouver ces jours foireux, leur filer un bon coup de gomme et réécrire dessus une admirable journée. Ça me faisait penser à un titre de livre que je n'ai jamais lu. Alors je me suis juré de ne jamais plus me fiche de la gueule des vieux car, dans le fond, que de tristesse lorsqu'on y songe vraiment. Mais le problème, c'est que je ne tiens pas toujours mes promesses.

2

C'est donc ce matin-là. Nous nous tenions tous sur le pied de guerre, les mains sur les hanches, attendant qu'arrive le premier groupe que l'on voyait marcher au loin, de l'autre côté du lac. Pas très discipliné, c'est-à-dire que le groupe s'étendait sur une bonne cinquantaine de mètres puis pouvait parfois revenir à quelque chose de plus compact, voire de vraiment soudé, puis s'étirer de nouveau, comme un élastique. Ils étaient une bonne vingtaine mais on n'allait pas se laisser faire, chacun le pensait très fort. Francis les avaient déjà accueillis de bon matin au campement afin qu'ils plantent leurs tentes et s'installent comme bon leur semblait pour le séjour. Il leur avait donné ensuite rendez-vous à la base pour la première journée d'activité. Francis nous avait prévenus, il sortait du lot de sacrés numéros, des lascars que nous allions devoir garder bien à l'œil. On opinait, on se la jouait, c'est clair, mais chacun de nous s'excitait surtout à l'idée d'enfin voir des jeunes débarquer. Car ces longues journées de chaleur et d'ennui nous avaient ramolli la tête et tous les sens, on avait besoin de bouger, de vivre, de faire des choses utiles, de s'amuser, de voir des garçons et des filles nouveaux, on voulait vite oublier le cauchemar des premiers jours.

Le groupe est enfin arrivé jusqu'à nous. Il s'en dégageait une drôle d'impression. Comme si tous ces types débarquaient de la lune, comme si vous fichiez une équipe de rugby devant une patinoire. Ils n'avaient pas des têtes à bidouiller des trucs épuisants, ils n'avaient pas des têtes à se réjouir en tirant des bords ou en pagayant. À mon avis, en me méfiant tout de même des apparences, plutôt des têtes à foutre le bordel et, si l'on se fiait de plus aux gueules des monos, un bordel incontrôlable. J'ai eu à ce moment-là une pensée pour les petits vieux et les canards, et les fleurs aussi et tout ce qui était fragile et sans défense. Mais je suis vite passé de ce premier constat inquiétant à un second un peu plus apaisant, un second qui a fait que je ne me souciais plus du premier tant il m'ouvrait des yeux grands comme ça : il y avait autant de filles que de garçons et, ma foi, quelques-unes de pas mal grandes et d'assez chouettes. Ce qui laissait présager de bonnes vacances. Mais encore une fois, faut se méfier des apparences.

Alors qu'ils s'étaient enfin regroupés, Francis leur a expliqué avec autorité, lui semblait-il, des trucs, des règles à respecter, des limites à ne pas dépasser, des trucs qui font que malgré tout on arrive à passer de bonnes vacances, dans la bonne humeur et tout ça. J'ai constaté que le pauvre Francis se cassait la tête pour rien. Il parlait dans le vent absent, il racontait la messe à des ours qui grognaient, gesticulaient, s'énervaient à rester ainsi sur place. Et peu leur importait les trucs qui font que malgré tout on arrive à passer de bonnes vacances dans la bonne humeur et tout ça, ils voulaient mettre les bouts. Puis la messe dite, voilà que la journée a commencé.

Comme je m'y attendais, nos activités n'ont pas intéressé grand monde. De se foutre à la baille ne les excitait pas trop et ils donnaient à cela plusieurs raisons. La première est que la plupart, s'ils avaient bel et bien songé aux serviettes, n'avaient pas de maillot. La seconde est que l'eau était froide. La troisième est qu'il ne fallait pas non plus leur raconter d'histoires avec ce lac pourri. Il était hors de question de tremper un orteil dans ce truc où chiaient partout des canards glaireux et des poissons pas nets, ce truc où l'on ne distinguait pas même les fonds vaseux, car sait-on jamais ce qui s'y cache de vraiment dégueulasse, de méchant et de dangereux. Ils préféraient fumer des clopes au bord de l'eau, assis et parfois allongés, en pantalon, mais torse nu et tout blanc – blanc comme rarement j'ai vu si blanc – et, entre deux bouffées de cigarette, se foutre de la gueule de ceux qui s'y étaient risqués, de rire et de rire encore. Je me suis dit qu'ils n'allaient pas rire longtemps comme ça, que bientôt même, ils se mettraient à pleurer sous la douleur des coups de soleil.

Tout de même, un petit groupe est parti en kayak avec Françoise, un autre en dériveur avec Dominique. Et une fille, là-bas, bataillait toute seule en planche à voile, c'est-à-dire qu'elle se ramassait toutes les trente secondes comme si ça l'amusait de toujours se ramasser. Moi, ça me faisait vraiment de la peine. C'est l'histoire, là-bas, telle que je vais la dire.

Bon, alors j'ai pris une planche et j'ai embrassé mon destin sans rien dire à personne. C'était en quelque sorte une initiative philanthropique mais surtout professionnelle, un truc utile que nul à part moi n'avait jugé bon d'entreprendre. C'était peut être aussi un peu de zèle, mais faut me comprendre. Le temps d'arriver à ses côtés, la fille s'était déjà glandée une bonne vingtaine de fois – mais faut dire qu'en l'absence de vent ma traversée a été très longue. J'avais adopté une attitude de pro sur ma planche, je voulais quelque chose d'impressionnant, d'épatant, de plus en plus convaincant car, plus je m'approchais d'elle, plus je devinais une super-gonzesse et ce n'était donc pas le moment de passer pour un blaireau. Au départ, j'ai tout de même tiqué. Elle semblait en fin de compte plus âgée que moi, je dirais un ou deux ans. Puis, lorsque j'ai aperçu ses genoux tout rouges à cause de l'antidérapant, je me suis dit que ça n'avait plus d'importance et puis de toute façon et à bien y réfléchir que j'allais d'abord vers elle dans un but philanthropique. Cette fille était carrément pas mal. Elle portait un maillot deux pièces et tenait ses cheveux noués avec un ruban bizarre. Certainement une sportive, je me suis dit, des jambes musclées comme ça, les bras aussi, impossible autrement. Elle me faisait penser à une fille de l'Est qui court super-vite dans les stades, car elle était blanche aussi, blonde et blanche. Je l'ai longuement admirée puisque j'avoue ne pas en avoir croisé des comme ça tous les quatre matins. Lorsqu'elle a réalisé que je me pointais vers elle, elle a laissé tomber la voile. Elle tentait de garder l'équilibre, les bras en croix, tout en souriant de ce qu'elle devait s'imaginer d'une position ridicule. Elle avait l'œil.

Me voyant poser la voile, elle m'a alors avoué que c'était vraiment dur. Je lui ai dit de ne pas s'en faire, qu'elle avait toutes ses vacances pour apprendre et que, de plus, ça venait assez vite en général. Il nous manquait juste un peu de vent pour rapidement progresser, mais on allait faire avec. Tout en lui expliquant un tas de choses, je ne pouvais m'empêcher de la regarder comme une fille plutôt qu'une élève. À un moment, elle s'est aperçue que je jetais un œil sur ses jambes et, gêné, je lui ai alors demandé pour me sortir de cette situation embarrassante, si ses genoux lui faisaient mal. Elle a souri car il ne fallait pas non plus la prendre pour une idiote. Puis elle m'a dit que tout allait bien, vraiment. Alors, j'enchaînais en lui montrant les bons gestes pour sortir une voile de l'eau et la saisir. Voilà, c'était comme ça, le pied de mât bien entre les pieds, le dos droit, les jambes à peine fléchies, on tirait ensuite sur le tire-veille, tendait les jambes en cambrant légèrement le dos. Dès que la voile sortait un peu, on la laissait un instant ainsi afin que le vent la place automatiquement face à lui puis, une fois face au vent, on tirait de nouveau sans courber le dos jusqu'à ce que la voile donne le sentiment de flotter. Il fallait rester ainsi quelques secondes, le temps de bien trouver ses appuis et c'est ainsi que je la fermais car elle était déjà à la flotte et poussait des petits cris de souris tant elle était froide. Elle est remontée très vite sur la planche et si vite que son maillot a eu pas mal de peine à la suivre si bien que j'ai vu de mes yeux vu un peu de ses fesses toutes blanches, mais vraiment sans le faire exprès. Ce qui m'a surpris, c'est qu'elle n'était pas du tout gênée et encore moins soucieuse de le remettre en place. Je me suis dit qu'elle ne s'était peut-être aperçue de rien. Elle est restée allongée sur le ventre, a priori le temps de reprendre son souffle, comme effectivement elle semblait essoufflée. Puis, enfin, elle a passé sa main dans son dos afin de tirer sur son maillot. À ce moment-là, car je ne m'en souviens plus très bien vu que j'étais assez troublé et que tout se mélangeait dans mon esprit, je crois que j'ai trouvé l'excuse du soleil pour justifier mon visage que je sentais tout rouge. « Fait chaud, hein », je lui dis comme un abruti. Je m'en voulais d'être aussi con, j'avais déjà vu un sacré paquet de fesses dans ma vie mais jamais je n'avais rougi comme à la vue des siennes. Et d'autant plus stupide que je n'en avais pas même vu la moitié. Elle m'a dit alors qu'elle se sentait un peu fatiguée et qu'elle allait faire une pause. Elle s'est assise à califourchon sur la planche puis elle a remué un peu l'eau avec ses jambes. Je ne savais plus où me fiche, alors j'ai laissé tomber la voile et j'ai plongé pour me changer les idées. Je suis resté un instant sous l'eau en gonflant mes joues et en bouchant mes narines de sorte que lorsque j'en suis sorti j'allais un peu mieux, il me semblait même possible d'affronter cette situation.

– J'ai cru que tu t'étais noyé, elle me dit.

– Non, non, je fais souvent ça.

– Ah, bon. T'as quel âge ? elle me demande comme ça de but en blanc.

J'avais envie de tricher, de dire que j'en avais quinze au lieu de quatorze histoire d'être un peu moins ridicule. Mais je n'ai pas pu et en fin de compte j'ai dit la vérité.

– On a le même âge alors, elle me dit toute contente, mais t'as de drôles de jeux. Tu travailles ici ?

Je lui ai dit qu'effectivement je travaillais ici pour les vacances et que j'avais envie de faire de la compétition de windsurf peut-être plus tard, que je ne savais pas trop encore mais que c'était un truc qui me tentait bien. Comme les sciences naturelles, ça aussi ça me tentait pas mal, j'aimais beaucoup les sciences naturelles. Peut-être qu'un jour je serai prof d'ailleurs, ou alors je ferai comme mon père, des trucs dans les livres. Mais aussi souvent j'hésitais, car je voulais être aussi astronaute ou architecte ou bien tout ça à la fois, c'est-à-dire dessiner, construire et vivre dans des maisons spatiales, des trucs dans l'univers, loin de chez nous, si loin, que t'as beau crier, on t'entend pas, que t'as beau regarder, tu vois plus la terre, que t'as beau écouter, t'entends jamais rien que le silence. Peut-être pêcheur aussi, en haute mer, ça me tentait bien encore, ouf le vent et tout ça, pêcher de gros poissons dont tu ne peux pas même t'imaginer le nom tant ils ont des couleurs et des têtes incroyables que t'as jamais vues de ta vie. C'est ça, je lui fais, de gros poissons comme ça, que tu ne trouveras jamais dans les congélateurs des supermarchés, sous des trucs en plastique. Mais encore qu'après la coupe du monde, je me verrais bien footballeur professionnel, c'est peut-être con car c'est pas mal, mais que quelquefois, et même le plus souvent, c'est-à-dire tant qu'à faire, je me voyais bien ne rien fiche en fin de compte... Car je défie quiconque d'avoir pu raconter à ce moment-là des trucs tout à fait sensés. C'est ça, plus je débitais mes conneries, plus la fille jouait avec ses jambes dans l'eau, ça lui faisait se dessiner tous les muscles de ses cuisses et je trouvais ça si beau. Alors elle s'est mise à rire et m'a dit que j'étais un sacré dragueur, un baratineur de première, que je n'avais pas non plus les yeux dans les poches, mais que ça lui plaisait bien. J'avais envie de lui avouer qu'elle se trompait grave sur mon compte, mais en même temps je n'avais pas envie de la décevoir et puis, ce n'était pas souvent que j'impressionnais les filles, même malgré moi.

– Tu m'apprends encore, elle me fait.

Je voulais lui dire d'accord, j'en mourais d'envie, j'aurais tout fait pour elle, mais je savais qu'en me levant elle s'apercevrait alors que sa personne ne me laissait pas indifférent. Depuis le début, j'avais glissé mes bras entre mes cuisses afin qu'elle ne voie pas mon érection car, sacré Tartempion, il s'agissait bien de cela. Je ne savais plus quoi faire, quoi entreprendre alors je me suis laissé tomber à la renverse et j'ai gonflé de nouveau mes joues et j'ai bouché mes narines. Je suis resté sous l'eau le plus longtemps possible, j'allais presque mourir, mais cette fichue érection ne voulait rien savoir.

– Écoute, je lui fais tout essoufflé en sortant la tête de l'eau, je crois qu'on va recommencer, mais par le début, hein, il faut que tu saches tout d'abord garder l'équilibre sur la planche, c'est ça le début et le plus important. Alors ce qu'on va faire c'est qu'on va se mettre là où on a pied, on va retirer la voile, et tu vas t'amuser à garder l'équilibre. C'est le mieux. Cinq minutes à peu près.

– C'est vous le chef, elle me dit, à vos ordres. C'est par où ?

– Tu vas faire comme moi, tu te fiches à la baille et tu me suis en nageant. On a pied à dix mètres d'ici.

– Ça commence mal.

– C'est rien, vraiment.

Je me sentais tout à fait soulagé d'avoir trouvé une idée pour m'en sortir. Ainsi, elle n'allait s'apercevoir de rien et j'allais pourtant rester à ses côtés. On a commencé à nager.

– Au fait, elle me demande, tu t'appelles comment ?

– Fred.

– T'es sympa, Fred.

– C'est normal.

– Moi, c'est Gaelle, mais G-A-E deux L-E, sans tréma.

– De toute façon, je savais pas que ça pouvait s'écrire autrement.

– T'es un plouc, quoi !

– Si tu veux.

Mais alors tout ce qu'elle voulait.

– Non, je plaisante.

– Voilà, je lui fais, on y est.

J'ai laissé ma planche pour rejoindre Gaelle et ôter le pied de mât. Elle n'était toujours pas remontée sur le flotteur ce qui fait que me voilà tout près d'elle, presque à la toucher. Elle ne bougeait pas d'un pouce pour me laisser bosser, elle me regardait bizarrement, et j'étais mal d'être si proche. Encore une fois, je défie quiconque de rester de marbre dans ces moments-là. Gaelle a alors croisé ses bras sur la planche et y a posé sa tête afin de me regarder faire. Elle battait un peu des jambes pour rester plus ou moins à la surface. Le problème, c'est que je n'arrivais pas à me concentrer, c'est-à-dire que je ne savais plus trop ce que je faisais, que jamais un pied de mât ne m'avait autant résisté.

– T'y arrives pas, elle me dit.

– Si, si, mais c'est quand même pas mal dur. Vraiment, je sais pas ce qui se passe.

Nom d'un chien, bien sûr que je savais, oui, je savais ce qu'il fallait faire aussi, mais je ne pouvais pas, je ne pouvais pas monter sur la planche afin d'avoir un peu plus de force, alors là, c'était carrément impensable, alors là, c'était la honte la plus absolue, je pouvais rentrer chez moi en rampant, ou en apnée.

– Oh! pardon, elle me fait.

Gaelle venait de toucher ma jambe avec son pied. Elle me compliquait exprès la vie, j'en suis sûr. C'est ça, je suis sûr qu'elle savait, je suis sûr qu'elle sentait mon trouble et qu'elle s'en amusait.

– Ça serait pas plus simple si tu montais sur la planche?

– J'ai toujours fait comme ça, je lui dis, c'est pas maintenant que ça va changer.

– Oh, le vieux, elle me fait. Mais si tu m'expliques, je peux peut-être le faire, non?

– Bon, d'accord, okay, t'as qu'à monter et je t'explique.

Gaelle s'appuie sur mon épaule. Je sens que sa main s'y attarde plus que de raison. Elle la laisse traîner en quelque sorte. Elle n'éprouve de plus aucune gêne à monter ainsi sur la planche avec un garçon si près d'elle, un garçon qui peut tout voir d'elle et de ses mouvements. À ce moment-là, je sens que je ne suis plus à la hauteur, que je ne suis qu'un petit garçon qui n'assure pas une cacahuète. Je suis à deux doigts de renoncer.

– Qu'est-ce qu'il faut que je fasse maintenant ?

Gaelle patientait debout et bras croisés sur la planche en attendant les ordres.

– Dépêche-toi, elle me dit, je vais finir par avoir froid.

– Bon, écoute, tu vois le slip, là... heu, le clip.

– Je le vois.

– Eh bien regarde si tu peux pas le soulever.

Gaelle s'est accroupie puis elle a tiré la langue sous l'effort qu'elle déployait à soulever le clip.

– Je crois que ça y est.

– Alors maintenant c'est simple, je lui fais, tire sur le pied de mât.

– Comme ça ?

– Comme ça.

– Aaah ! Et qu'est-ce que j'en fais maintenant ?

– Dans l'eau, on la laisse dans l'eau, elle peut pas aller bien loin. Maintenant, je vais tenir un peu la planche et tu vas t'amuser à garder l'équilibre en te balançant comme ça, de droite à gauche.

– C'est un peu lourd ton truc !

– Ouais, mais y a que comme ça qu'on arrive à bien choper l'équilibre, crois-moi.

– Bon.

Le corps de Gaelle s'est élevé devant moi, j'étais comme au pied d'un monument, d'une immense statue ruisselante, devant un truc impressionnant. Mais je ne distinguais que sa silhouette car le soleil m'éblouissait, et dans le fond il valait mieux.

– T'as une copine, toi ? En fait, je sais pas pourquoi je te pose cette question, tu dois même en avoir plein.

– Essaie de mettre ton nez... tes pieds, tes pieds plus au bord de la planche, là c'est trop facile.

– Ici ?

– Voilà !

– Je vais tomber, comme ça. Aaaah ! Houps ! T'as pas répondu à ma question.

– Quelle question ?

– Si t'as une copine.

– Ah bon, pas entendu.

– Arrête.

– Je te jure, j'ai pas entendu.

– Bon, alors, t'en as une ?

D'habitude, on se pose toujours cette question entre garçons, avec qui tu sors et tout, si t'es toujours avec une telle ou telle autre. Mais jamais, nom d'un chien, une gonzesse posait ce genre de question à un mec, je n'avais jamais entendu un truc pareil de ma vie. Ça me trouait net et, en même temps, je trouvais ça, comment dire, je trouvais ça original, original et courageux aussi, vraiment courageux de la part d'une fille. Cela dit, je ne savais fichtrement pas comment répondre. D'une part, à la voir ainsi se balancer d'une jambe sur l'autre, mes esprits éprouvaient toutes les peines du monde à se rassembler et, d'autre part, je me demandais si la vérité était bonne à dire dans ces cas-là. En fin de compte, c'est sorti tout seul, comme ça, sans vraiment l'avoir cherché et décidé.

– Oui, je lui fais, mais elle est en vacances.

– Ah bon ! C'est dommage.

– Mais c'est juste comme ça, je m'empresse de rajouter.

– C'est encore plus dommage. Bon, on arrête là, tu veux bien ? Maintenant, je suis fatiguée.

– Ben, t'as même pas commencé.

– Si, si, je suis fatiguée. On rentre.

Le roi des abrutis, voilà ce que j'étais, le roi. Toujours à tout foirer, toujours à rien comprendre. On est rentrés à la nage et je ne savais plus quoi lui dire, je ne savais plus comment lui expliquer mon cas, j'aurais pu lui dire que j'avais menti mais en même temps et en fin de compte je ne savais pas ce que voulait exactement cette fille. Peut-être qu'après tout elle m'avait demandé ça comme ça, simplement parce qu'elle était curieuse et sympa, et que dans le fond ça ne la dérangeait nullement de savoir si oui ou non j'étais déjà avec quelqu'un. Alors lui avouer que j'avais menti me rendrait plus ridicule encore, ça aurait prouvé que moi je cherchais quelque chose avec elle, quelque chose qu'elle ne cherchait pas vraiment. Mais en même temps, si je lui avais dit que je n'avais pas de copine, elle m'aurait peut-être pris pour un imbécile, un minable. Les filles, sacré nom d'un chien, c'est compliqué, les filles c'est vraiment bizarre. On était presque arrivés à la base lorsqu'elle m'a demandé quelque chose qui m'a fichu carrément en l'air.

– C'est qui le garçon là-bas qui nous regarde, avec le short rouge ?

– Yves.

– Il est mignon, aussi.

On a dégréé les planches sans dire un mot, puis comme Gaelle semblait indifférente à tout sauf à Yves qui rôdait discrètement à deux pas de nous, je me suis cassé derrière la base pour me calmer les nerfs. Celui-là non plus de canard, il n'était pas veinard, ce n'était pas son jour. Il était fourré sur la pelouse et cancanait pour rien, pour le plaisir de cancaner. Je me suis dit qu'il allait y passer. Ni vu ni connu, j'allais le choper par surprise et me le faire, lui tordre le cou et lui briser les reins. Arrivé à deux pas de lui, il s'est levé, puis, lorsque je me suis approché un peu plus, il a dû sentir que je ne venais pas en paix et il a commencé à se tailler doucement sans me lâcher de l'œil. Je l'ai l'appelé, petit, petit, petit, viens voir tonton, viens, mais le canard gardait ses distances. Alors je lui ai sauté dessus et il a commencé à gueuler plus fort. Ferme-la, je lui disais, ferme-la. Et il courait, et je lui courais après, en essayant de temps en temps de lui envoyer un pet du pied, et plus je le ratais, plus il gueulait et plus il m'énervait. Il m'a fait courir tout autour du théâtre de verdure, mais j'ai fini par le coincer entre deux sapinettes. J'étais à genoux, entre les sapinettes, et je soufflais. Pas de chance, je lui ai dit, désolé, pas de chance.

– Qu'est-ce que tu fais avec ce canard? elle me demande.

J'ai relevé la tête. Gaelle se tenait devant moi les bras croisés. Nom d'une pipe en cire! à genoux, aux pieds de Gaelle, avec un canard dans les bras. Je ne savais plus où me fiche.

– Il s'est coincé, je lui fais.

– Attends, ça fait une heure que je te regarde faire, ça fait une heure que tu lui cours après, arrête.

J'ai commencé à caresser mon canard comme une mamie son cabas. J'étais mort de honte.

– Mais non, je lui dis, c'est simplement qu'ils n'ont rien à faire ici, c'est pas leur place, faut jamais qu'ils viennent là.

– Ça doit être vraiment important pour lui courir comme ça après.

– Ça l'est oui.

– Bref, on s'en fiche, je te cherchais parce que j'avais quelque chose à te demander.

– Ah bon, et c'est quoi ?

– Demain je reviens, il faut que tu m'apprennes encore ?

– Je sais pas, je lui dis, si j'ai pas trop de travail peut-être, mais n'y compte pas trop quand même.

– J'y compte, justement, t'as intérêt à t'occuper de moi. À demain.

Gaelle est repartie, et je l'ai longtemps regardée. À ce moment-là, j'ai su définitivement que je voulais sortir avec elle, cette fille me plaisait vraiment. Lorsqu'elle a disparu, j'ai embrassé le canard puis je l'ai lancé en l'air comme on peut lâcher un pigeon afin qu'il apporte la bonne nouvelle. Pas content le canard lorsqu'il est retombé.

Le groupe est reparti trois quarts d'heure plus tard, vers midi. Comme dans nos prévisions, ils n'étaient pas passés pour rien. La base semblait un chantier monumental et traînaient un peu partout des gilets et des pagaies, comme des cadavres après la bataille. Les kayaks aussi, rangés n'importe comment, nous ont donné pas mal de fil à retordre. Deux raquettes de ping-pong semblaient définitivement nases, et il a fallu s'énerver un bon quart d'heure avant de sortir de l'eau un C2 coulé. Les petits vieux nous ont regardés nous activer un moment. Ils s'étaient arrêtés à la vue de ce foutoir impressionnant. Ils me faisaient penser à ces gens regardant debout les mains derrière le dos une partie d'échecs et qui opinent de temps en temps avec des airs entendus, font des moues craintives, ouvrent parfois de grands yeux tant le coup est bien joué, ou hochent alors la tête de découragement quand il leur semble perdu d'avance. Bref, sans rien glander, ils vivent la partie à votre place. Les petits vieux nous regardaient faire tant et si bien qu'ils en suaient pour nous. On sentait pourtant en eux le désir de nous filer un petit coup de main, mais que voulez-vous..

Ma surprise aurait été grande si nul n'était venu me voir afin de me parler de la matinée. Je savais ma veine de m'être ainsi retrouvé avec cette fille, je la savais quasi irréelle et si énorme qu'elle ne pouvait guère passer inaperçue aux yeux du monde. N'importe qui à ma place aurait fait le beau et, je l'avoue, dans d'autres circonstances, peut-être l'aurais-je fait le premier. Cependant, lorsque Yves s'est approché pour m'en toucher deux mots, eh bien voilà qu'il m'était difficile de me vanter, voilà que je gardais tout ça pour moi. Mais non par superstition, non, ce n'est pas que je craignais de choper la poisse ou des trucs comme ça, non. Tout d'abord il ne s'était rien passé et je n'envisageais rien non plus, du moins concrètement, du moins a priori, mais simplement quelque chose m'en empêchait. Certainement les mots que je n'avais pas, ou que sais-je encore. Plus tard j'ai su, plus tard, avec un peu de recul, que je ne pouvais en parler parce que non les mots, mais l'intuition d'un événement extraordinaire et jusqu'alors inconnu m'en empêchait. J'ai pressenti une chose qui allait changer ma vie, comme un chien flaire les bons ou les mauvais coups qui se pointent, cela dit, ignorant tout du coup à venir, il s'excite ou se tient à carreau. Voilà, moi j'ai senti un coup venir mais je n'ai pas fait le malin, car dans mon cas l'inconnu se présentait à moi et, vrai, j'avais peur de l'inconnu.

– Dis pas que tu l'as pas draguée, il insistait.

– Bien sûr que non, je l'ai pas draguée. Qu'est-ce que tu crois, que je drague tout ce qui bouge ?

– Allez, arrête, à d'autres.

Décidément, rendre des comptes m'énervait et, comme un fait exprès, chacun passait à son tour, si bien que je me demandais si les petits vieux et les canards n'allaient pas me tanner aussi sur le sujet. Fallait mettre les bouts.

Je suis rentré chez moi envahi de sentiments contradictoires. Je ne savais plus vraiment à quoi m'en tenir. Alors, au lieu de marcher, je me suis forcé à rentrer à vélo. Je pensais que dans l'effort se dissiperait le superflu, les questions trop compliquées aux réponses, dans le fond, sans importance pour moi. Je pensais qu'en pédalant ainsi follement ne resterait que ce qui devait rester, c'est-à-dire le plus simple, le plus beau.

Je n'avais plus qu'un sourire en arrivant chez moi, un large sourire en travers de mon visage tout en sueur. J'étais même convaincu de l'inutilité de mettre la béquille de mon vélo pour qu'il tienne. Dans mon esprit, j'étais un sacré cow-boy qui rentrait du boulot et mon vélo n'était plus un vélo, mais un cheval, et un cheval ça tient tout seul sur ses quatre pattes. Bon, j'ai tout de même fini par relever mon cheval qui s'était ramassé de tout son long, puis je suis entré en sifflant des airs gais.

– Elle s'appelle comment? m'a demandé mon père comme ça de but en blanc.

J'ai posé mon chapeau et tombé ma ceinture, j'ai rangé mes bottes pour redevenir le petit joueur qui filait dans sa chambre obnubilé par sa console.

– Hé, Fred, je t'ai posé une question.

– Ah bon?

– Elle s'appelle comment?

Mon père ne buvait pas souvent des coups, c'est la raison pour laquelle je ne me suis pas aperçu immédiatement qu'il était bourré. D'accord pour la bouteille sur la petite table du salon, d'accord pour ce verre plein avec deux trois glaçons, d'accord pour mon père quasi allongé sur le canapé tenant dans sa main un cendrier plein à craquer. Mais cela ne voulait pas forcément dire qu'il s'en tenait une bonne. D'ailleurs, comme disait mon grand-père, si mes souvenirs sont encore valides, il me semble l'avoir vu pour la dernière fois dans un tel état – car il devait effectivement se révéler que mon père était dans un sale état – pour la dernière fois, disais-je, au mariage de son frère, six mois auparavant. Ce n'était pas hier quoi. Mon père resta toute la soirée sur son siège en s'enfilant verre sur verre sans broncher, jusqu'à n'en plus pouvoir. Puis il s'effondra sous la table parmi les serpentins et les cotillons, tandis que moi je nouais d'amitié mais de force avec une cousine lointaine qui me trouvait le plus beau du monde et qui en connaissait un rayon en maths. Bon, alors je peux affirmer, et sans qu'il y ait quoi que ce soit à rajouter, que mon père n'est pas un ivrogne, et que les maths, même joliment racontées, ne peuvent pas intéresser tout le monde.

– Nom de Dieu ! Approche-toi !

À ce moment-là, j'ai compris que mon père en tenait une bonne car il ne jurait jamais.

– Assieds-toi là et raconte-moi.

– Mais j'ai rien à raconter, papa.

Je me suis tout de même assis doucement à ses côtés. Doucement, car je voyais le cendrier en équilibre instable et que de passer l'aspirateur ne m'enchantait pas plus que ça.

– Tu sais, il me dit en posant le ton et son bras sur mes épaules, quand tu crées une chose… tu la connais par cœur… sur le bout des doigts… surtout si tous les jours tu vis près d'elle… hic ! Tu sais pourquoi, tu sais comment, car c'est une part de toi, un petit bout de toi que tu donnes à la vie… c'est un peu de ton sang… de ta chair… tu connais bien ce qui s'en va de toi… peut pas en être autrement… car… car c'est la seule condition pour que cette chose puisse enfin voir le jour… si… hic !… Si elle n'est pas connue de toi ou si tu la connais mal encore… elle reste en toi, elle ne bouge pas… elle ne peut pas affronter la vie car sa seule arme pour l'affronter c'est… c'est ce que tu sais d'elle…

De quoi mon père me parlait ? Je n'en savais rien. Je n'irai pas jusqu'à dire qu'il me gonflait avec, mais ses théories tombaient mal car mon esprit se noyait sous un flot d'images et de sons bien moins alambiqués, c'est-à-dire qu'il m'était impossible de me concentrer sur ce qu'il me racontait vu que j'apercevais encore Gaelle monter et descendre de sa planche à voile, son corps ruisselant, je voyais les muscles de ses cuisses bander sous l'effort, son petit maillot encore baissé laissant apparaître ses deux jolies fesses toutes blanches, je sentais encore le contact de sa main sur mon épaule, j'entendais encore son rire, ses petits cris...

– Et ce que je sais, par exemple... hic!... c'est qu'en ce moment tu ne m'écoutes pas... Tu as la tête ailleurs et j'entends bien que tu me racontes... que tu me racontes un peu tout ça car ça m'intéresse... les histoires de filles intéressent quand même ton père, surtout si elles concernent mon fils... Alors... fiston, tu prends encore ton père pour un abruti?

Mes histoires intéressaient enfin mon père, ça les rendait plus belles encore, elles prenaient une tout autre dimension, un tout autre poids. Des histoires dignes de lui, il jugeait bon y prêter une oreille, il me prenait enfin au sérieux. Il aurait pu cependant s'intéresser à une autre histoire vu que celle-ci me semblait tout à fait personnelle.

– Mais papa, t'y es pas, ç'a rien à voir.

Mon père a retiré son bras puis il a posé le cendrier sur la table sans dire un mot et de manière inquiétante. On venait de lui apprendre un truc hyper-important, un truc vraiment vache, qui effondre. Il a repris sa respiration et a couvert son visage de ses mains, comme s'il voulait disparaître, fuir loin de ce monde pourri, en finir.

– Aaaah ! gémit-il caché derrière ses mains, mon Dieu, qu'est-ce que j'ai bien pu faire ? Suis-je un si mauvais père ? Mon Dieu, je le savais bien, je m'en doutais depuis un bout de temps, Aaaaaaah ! Mon Dieu, ce sont des histoires de garçons, vous m'avez donné un fils homosexuel, H-O-M-O-S-E-X-U-E-L.

Mon père pleurait caché derrière ses mains, j'étais mal, l'envie de pleurer à mon tour me serrait le ventre. Jamais je ne l'avais vu, ni même entendu pleurer ainsi. Il se tordait de douleur sur le canapé, partait d'avant en arrière, et il pleurait et il pleurait, si bien que j'ai fini par lui avouer.

– Mais c'est une fille, papa, c'est une fille !

– À la bonne heure, dit-il en ôtant les mains de son visage et en dévoilant un énorme sourire, on y arrive enfin. Tu sais, c'est pas bien de mentir à ton père… c'est… pas bien du tout. Alors, elle s'appelle comment ? Elle est bien fichue ? Elle est intelligente ? Elle est sportive et tout ça ?

Clair, je m'étais fait baiser, en beauté. Mon père m'a pris de nouveau par l'épaule et m'a serré contre lui.

– T'es bien mon fils, toi. Alors, il me dit, si on en parlait ? Je peux te donner des tuyaux, tu sais.

À ce moment-là, je ne savais plus si mon père s'amusait avec moi ou si, au contraire, il me prenait au sérieux. Des effluves d'alcool envahissaient mes narines et son bras m'étreignait trop fort, trop fort pour la circonstance. De toute façon et dans tous les cas, j'étais coincé. Si je décidais de ne plus en parler, il se vexerait et, en ignorant l'intérêt qu'il pouvait me porter, je risquais ainsi d'aggraver le mal qui le rongeait. Que son fils aussi l'ignore, c'est ça, j'étais persuadé que ça le tuerait net. Il fallait se sacrifier.

– Papa, j'ai fini par lui dire, je sais pas quoi en penser, c'est bizarre, cette fille, elle m'attire les yeux comme un aimant, mais vraiment comme un aimant. Pour tout te dire, c'est une fille qui est venue à la base aujourd'hui avec un groupe, j'avais cinq minutes, alors je lui ai appris à faire de la planche. En fait de cinq minutes, on est restés une bonne demi-heure, bon, et puis elle est partie quand je lui ai dit que j'avais une copine, du moins je crois que c'est pour ça. Qu'importe, puisqu'elle est revenue un quart d'heure plus tard pour me demander si demain je pouvais lui donner un cours. Si tu voyais comme elle est belle, mais à vrai dire je crois que je m'en fiche, tout ce que je sais, c'est qu'elle me fait un effet terrible que je ne peux pas même t'expliquer. Tu m'écoutes ?

La tête de mon père reposait maintenant sur mon épaule, je ne voyais pas si ses yeux étaient ouverts.

– Tu m'écoutes ? je lui dis en lui donnant un coup de coude.

Mon père a sursauté puis il a redressé lentement la tête.

– Hic !... Bien sûr, Fred, quel genre d'effet ?

Je savais quel genre d'effet, je savais que tout ce qui me brûlait de découvrir sur l'amour et peut-être sur la vie, c'était pour ce genre de fille que je le voulais, je savais que tout ce que je désirais donner, c'était à ce genre de fille que je devais le donner, mais voilà, même si mon père ne bossait pas dans un bureau de tabac, je trouvais sa question bien embarrassante. Si je faisais toutefois un peu partie de lui, si j'étais sa chair, son sang, un peu de ce qui lui survivrait, je vivais néanmoins et depuis le début comme une personne à part entière dans l'univers, avec ma vie à moi, avec mon intimité, avec déjà tout un tas de choses parfaitement personnelles, tout un tas de trucs qui font qu'à un moment donné on se retrouve bel et bien seul face à ses responsabilités, ses questions, tous ses doutes. Je crois donc qu'il faut aller seul, découvrir soi-même, sentir si oui ou non une chose se révélera bonne ou mauvaise pour nous, apprendre.

Dans les livres de femmes à poil – car je crois qu'il n'y a pas que les maths dans la vie, sinon jamais je ne me poserais de telles questions, ou disons, jamais de telles questions ne s'imposeraient à moi –, je cherchais ce qu'à ce moment-là je ne pouvais avouer à mon père et ce que mon père pour les mêmes raisons ne pouvait peut-être pas m'expliquer. Je cherchais à savoir ce qu'il fallait fiche pratiquement et techniquement de sa zigounette lorsque par exemple elle était dure. Non, par pudeur, je ne me voyais pas parler de ma zigounette à mon père. Alors, je devais bien chercher ailleurs les réponses. Voilà, pratiquement et techniquement, que fallait-il que je fasse ? Genre de question valable pour tout. Mon père, à un moment donné, décide d'écrire des livres car il en ressent le besoin. Il se pose alors la même question : comment répandre sur une feuille de papier tout ce que la vie m'inspire, comment faut-il s'y prendre ? Eh bien moi, c'est comment donner à une fille toutes ces choses qu'elle m'inspire, comment faut-il que je m'y prenne. Je n'en savais fichtrement rien et ça m'énervait, d'autant que déjà de ne pouvoir en parler, on nous interdisait encore d'en chercher les réponses.

Mon père a lâché son étreinte et s'est enfoncé dans le canapé.

– Bon, bon, il m'a dit devant mon embarras. Elle s'appelle comment ?

– Gaelle. G-A-E deux L-E, sans tréma.

– Et elle a quel âge ?

– Le même âge que moi, mais je me sens quand même un peu con à côté d'elle.

– Con ?

– Elle semble savoir des trucs que moi je ne sais pas et j'ai peur d'avoir l'air con.

Mon père parlait maintenant les yeux fermés.

– Tu veux savoir comment ça s'est passé entre moi et ma première fiancée ? Eh bien quand j'avais ton âge... ça faisait pas mal de temps déjà que j'avais un œil sur cette fille... mais je n'étais pas le seul car c'était la plus belle du collège… hic!… Enfin bref… on va faire court sinon on y est jusqu'à demain… Je ne savais pas du tout comment on faisait l'amour à une fille, eh bien… figure-toi que le jour où c'est arrivé, le jour où ça s'est enfin présenté, j'étais mort de trouille… vraiment… Ton père aussi il a eu la trouille d'avoir l'air con, de tout rater… mais… elle aussi. Bon… mais je peux te dire un truc, c'est que quand ça arrive… quand le moment est venu… eh bien tout à coup la nature dicte sa loi, voilà.

– Et alors?

– Ben alors voilà.

– Et c'est quoi la loi de la nature?

– C'est la loi, fiston, c'est la loi de la nature.

– Mais tu m'as rien raconté du tout.

Je sentais mon père embarrassé. Mais était-ce le sujet délicat ou moi qui l'emmerdait? Il a repris sa respiration en essayant de garder sa tête droite. Mais elle retombait, lentement.

– Bon, d'accord, d'accord. Ce que je veux te dire… faut pas te faire de bile… Tu crois que les lions savent lire?… Et les singes écrire?… Tu crois qu'ils ont fourré leur nez dans une encyclopédie pour savoir s'y prendre?… Tu crois qu'on est venu leur chuchoter des secrets à l'oreille ?... Non... Tu crois que ça les a empêchés de faire leur boulot ?... Non... On est des lions, fiston... des singes... ni hic !... ni hic !... ni plus ni moins. Maintenant... faut savoir une chose... hic !... très importante et très sérieuse... Le désir des hommes... le désir des hommes... cette envie qu'ils ont... ce que peut-être tu ressens en ce moment vis-à-vis de cette Gaelle... ce désir précède... précède et de loin l'instant où il leur faut se reproduire, faire des petits... D'accord... d'accord... c'est mal fichu... mal fichu... mais c'est ainsi et ton père... ton père, pas plus que le bon Dieu, n'y peut... hic !... rien.

Mon père n'essayait même plus de redresser la tête, elle tombait maintenant sur le côté.

– On est prêt pour ce genre de chose bien avant l'heure... va-t'en savoir pourquoi... Cependant, on est prêt, et ça c'est un fait... un fait tentant... Alors voilà qu'il ne faut pas déconner avec la vie, fiston, écoute-moi bien... faut pas jouer avec... à ton âge tu as déjà la possibilité de faire ce que ton âge ne peut assumer... hein... c'est-à-dire un enfant. Il y a autre chose... hic !... merde !... hic !... de très important et de très sérieux encore… très sérieux… Tu connais le monde où l'on vit… tu connais ses dangers… je vais pas te faire un discours sur les risques que cela comporte, les maladies et tout ça… Putain… alors si à cet instant même je fiche ma main dans la poche et que j'en sors comme tu peux le voir de l'argent, c'est pas pour que t'ailles acheter des bonbecs. Tiens, il me fait les yeux encore fermés, prends.

Il y avait dix francs à tout casser dans la main que mon père me tendait. Il l'a tenue un bref instant en suspens puis a relâché son effort laissant tomber l'argent entre deux coussins. Mon père s'était endormi.

Lorsque de bon matin je me suis levé, lorsque j'ai vu mon père encore endormi sur le canapé, allongé comme ça en chien de fusil, lorsque j'ai aperçu la bouteille maintenant vide et le cendrier débordant, et alors que la veille au soir encore mon père était pour moi la personne la plus importante au monde, je m'en suis voulu, je m'en suis voulu d'être pressé de partir. Peut-être pour qu'il me pardonne de le laisser ainsi lâchement, d'être un mauvais fils, j'ai vidé le cendrier puis j'ai fait du café afin qu'il puisse en boire un dès son réveil, je savais qu'il ne supportait pas d'attendre que le café se fasse. Puis j'ai décampé en quatrième vitesse, direction la base, direction les choses de la vie.

J'ai salué Francis rapidement et, comme il me semblait avoir les nerfs, je n'ai pas trop traîné dans les parages. J'ai filé de suite au lavabo pour regarder la tête que j'avais. Je me suis filé un coup de peigne, lavé soigneusement les mains, j'ai piqué un chouïa de déodorant à Francis et, me sentant loin maintenant de l'idée que l'on pouvait avoir d'un romanichel, je suis allé ouvrir la base. Après avoir préparé la buvette et donné à manger aux canards je suis reparti au bureau. Les salauds, ils étaient déjà tous là, et pas un n'était venu me filer un coup de main, mais comme ça fumait sérieux, je n'ai pas bronché. La journée d'hier restait en travers… «Et celui-là, faut bien le surveiller, dès qu'il fait un truc il faut lui dire d'arrêter de suite, sinon, plus de canards sur le lac, plus de petits vieux, plus de fleurs dans les jardinières, plus rien du tout nulle part, et l'autre, celui avec le bob, faut bien lui préciser qu'on joue pas au volley avec des raquettes de ping-pong, hein, faut bien lui dire aussi qu'on fume pas devant la téloche et qu'on fout pas des mégots partout et encore moins dans les verres, et le grand, là, celui qui fait toujours de grands gestes, faut lui dire aussi d'arrêter, et vite, faut lui dire qu'on cherche pas les noises comme ça à tout le monde, qu'on est là pour rigoler et pas pour se la donner. – T'irais pas lui dire, Yves ? – Moi ? Moi je vois pas pourquoi ce serait moi. – Arrête, c'est toi qui parles le mieux, c'est toi qui sais parler. – Je vois pas le rapport? – Le rapport c'est que quand tu parles bien t'arrives à bien te faire entendre, c'est comme ça, c'est pas vrai les gars? – Ouais! – Je vois toujours pas pourquoi. – De toute façon tu vois jamais rien quand t'as pas envie de voir, t'as toujours de la gueule, c'est tout, par contre quand c'est les gonzesses, là tu trouves toujours des trucs intelligents à dire, ça te dérange pas les gonzesses. Pas vrai les mecs? Hein, qu'il la ramène toujours avec les gonzesses? – Ouais! – Bon, bon, bon, les Quiqui, on se calme, ça va cinq minutes d'entendre vos salades, y en a pas un ici qui vaut l'autre.»

Moi, tout ce cirque me passait au travers comme un air de clarinette, c'est-à-dire qu'il ne se contentait que de passer. Vraiment, je guettais au loin le groupe qui jamais ne se pointait, il frôlait déjà le bon quart d'heure de retard et je commençais à taper du poing, à ne plus tenir sur mes jambes.

– Au fait, Fred.

– Quoi?

– Tu pues!

– Comment ça je pue?

– Tu pues la gonzesse.

– N'importe quoi.

– Si, si, je te dis que tu pues la gonzesse. Vous sentez pas les mecs ?

– Ben, t'as qu'à le dire alors à Francis, je lui ai piqué un peu de déodorant. J'avais oublié de te le dire, Francis.

– C'est pas grave. Quiqui, je n'ai pas de déodorant ici.

– Ben, à qui c'était alors le déodorant dans le lavabo ?

Nom de Dieu ! J'ai profité de l'hilarité générale pour m'éclipser. Sous la douche, je me suis savonné et frotté comme un dingue. Lorsque je suis revenu, le groupe avait fini par débarquer, et elle était là, Gaelle, au milieu, en tee-shirt et en maillot de bain, plus belle encore que la veille. Je n'ai rien inventé, et ce n'est pas non plus pour me vanter, j'ai simplement vu et constaté, j'ai simplement vu et constaté que lorsque nos regards se sont croisés, elle m'a souri, nom d'une brouette, elle m'a souri comme soulagée de me savoir là, comme si c'était une immense joie. Et jamais, non, jamais, jamais je n'ai ressenti un tel bonheur, jamais je ne me suis autant senti un homme, jamais je ne me suis senti autant exister, comme s'il fallait absolument exister aux yeux de quelqu'un pour exister vraiment. À ce moment-là, je me suis dit que c'était une fille intelligente, je me suis dit qu'elle avait deviné hier le mensonge que je lui avais raconté, et que non seulement elle ne m'en voulait pas, mais qu'elle avait peut-être trouvé ça charmant.

Mais voilà maintenant que Gaelle s'approche de moi et que je me sens mal à l'aise, voilà que le même sentiment que la veille me serre les côtes et que dans pas longtemps je vais bafouiller deux trois conneries bien pesées. Je le sens venir gros. Je suis désemparé, mou, nul... timide. C'est ça, je suis intimidé, comme devant quelque chose de grand, je suis intimidé parce que j'ai peur, et j'ai peur parce que je sens quelque chose se pointer pour moi, quelque chose que je ne connais pas. Mais pas tant intimidé par Gaelle que par ce qu'il se passe entre nous, c'est-à-dire ces trucs bizarres.

Faut me comprendre, je sentais mes mains moites, mon cœur battre un peu plus vite, mon sang courir dans mes veines, j'entendais cette musique dans mon ventre, une immense musique avec plein d'instruments, des milliers, des millions, c'était merveilleux, merveilleux et inquiétant à la fois, comme ça, toutes ces choses en vrac que jamais je n'avais ressenties pour une fille palpable, bien vivante, en chair et en os et tout devant moi. Je comprenais mieux maintenant pourquoi dans les films et partout dans l'univers ils en venaient toujours là, pourquoi sans cesse ils se prenaient dans les bras, ils se roulaient, bougeaient dans tous les sens, à faire des pirouettes et encore des pirouettes, je savais maintenant qu'ils dansaient sur une musique, une musique du dedans, qu'on est les seuls à entendre, une musique qui bat pour l'un et l'autre sur un même rythme, on ne peut pas danser seul, voilà pourquoi, on ne peut pas danser seul. Je savais pourquoi maintenant on se susurrait des choses à l'oreille, on se disait plein de trucs, je savais qu'ainsi on chantait, on mettait des paroles sur cette musique, tant elle était forte, tant elle était envoûtante, tant surtout il était impossible que toutes ces notes bouillonnantes restent en nous. Même les volcans ne peuvent pas, même les grands volcans sont trop petits.

Puis Gaelle m'a embrassé sur la joue pour me dire bonjour, comme ça, comme si c'était tout à fait normal. À ce moment-là, croyez-moi, j'aurais voulu être un canard et me tirer sur les flots loin de tout afin que personne ne soit témoin de ma gêne. Non seulement elle m'avait embrassé, mais elle m'avait embrassé devant tout le monde. Alors, j'ai baissé la tête, je l'ai baissée comme ça afin de ne croiser aucun regard. Je savais qu'à ce moment-là, Yves, Olive, Francis et tous les autres étaient sur le cul, j'en fichais mon billet qu'ils tiraient des yeux comme des boulets de canon. Mais malgré tout, j'avais un grand sourire dans la tête, peut-être même un imperceptible sur mes lèvres. Je ne suis pas un canard, je suis un lion, je me répétais, je suis un lion, je vais pas me démonter pour si peu, je suis un lion, t'es un lion, un chef, t'es un sacré chef. Cela dit, ma tête restait toujours basse et je n'arrivais pas à lever les yeux, je n'y arrivais pas, je n'y arrivais pas. Il a fallu que Francis commence à la ramener pour ne plus sentir le poids des regards sur moi, il a fallu qu'il commence à gueuler pour me sentir soulagé. Qu'est-ce qu'il leur mettait, le savon, les pendules à l'heure, et ce sont eux alors qui baissaient les yeux, ce sont eux alors qui ne savaient plus où se fiche.

«À bon entendeur, salut.» La mise au point terminée, Francis est rentré dans son bureau. Le groupe s'est alors dissipé en silence. Ils hésitaient encore à parler, à faire quelques commentaires, puis on a fini par entendre des chuchotements, des petits rires. Deux minutes après, le bordel s'installait de nouveau. Un bordel à peu près tel que je sentais les choses en moi. Il fallait donc que je m'occupe un instant, ce qui fait que je me suis rendu au garage pour prendre et sortir deux planches à voile car de toute façon on en avait toujours l'utilité à un moment ou à un autre de la journée. Alors que j'allais et venais entre la berge et le garage, je gardais toutefois un œil sur Gaelle et remarquais qu'elle en faisait de même tandis qu'elle bataillait avec des copines. Elles s'expliquaient des trucs entre filles et, à en juger leur air grave et sinistre, des trucs de la plus haute importance, comme si elles s'apprêtaient à annoncer au monde leur démission, comme si le monde allait se sentir seul et orphelin, comme s'il n'allait pas s'en remettre et que tout de même, ces grandes résolutions les peinaient pour nous. Mais les filles, quand elles pleurent d'un œil, je crois que rien ne peut les empêcher de rigoler de l'autre, je crois que ça sait toujours faire la part des choses et Gaelle, malgré le poids évident de leur conversation, dirigeait souvent son regard vers moi, et là, son œil, je le voyais bien sourire. En fin de compte, elles ont conclu un truc, quelque chose de définitif et d'irrévocable, puis elles se sont séparées en se dandinant.

Gaelle n'a pas hésité une seconde et je me suis dit qu'elle avait quand même un sacré tempérament et que de toute façon ce ne devait pas être autrement. Sinon, je vous fiche ma tête qu'il ne se serait pas passé autant de choses en moi. Elle s'est pointée comme ça en ôtant son tee-shirt alors que je me trimballais une planche.

– Bon, eh bien je vois que j'ai de la chance, tu prépares déjà ma planche.

– Peut-être que oui, peut-être que non, je lui fais un peu sur mes gardes.

Je savais que le moulu dans l'histoire c'était moi. Je tenais la planche à bout de bras de telle sorte qu'on ne pouvait apercevoir l'effet immédiat qu'avait produit l'approche de Gaelle, là, comme ça, en ôtant son tee-shirt.

– Aujourd'hui, je te promets, je vais faire des efforts et tu verras, tu seras fier de moi.

Gaelle ne rentrait pas dans mon jeu maladroit, elle semblait tout à fait sûre d'elle. J'ai alors levé les yeux au ciel. Quelques nuages montraient le bout de leur nez, les premiers depuis pas mal de temps, puis j'ai regardé le lac, deux trois risées le ridaient un peu. On allait pouvoir faire quelque chose de bien aujourd'hui, quelque chose de positif.

– Qu'est-ce que tu regardes ?

– Le temps, je regarde le temps qu'il fait, je me dis que c'est pas mal pour débuter. Alors, ce que tu peux déjà faire, c'est aller chercher un gilet le temps que je mette la planche à l'eau et tout ça.

– On est obligé ?

– Alors là oui.

– C'est qu'ils sont vraiment laids.

– C'est laid, je sais bien, je suis désolé, mais

qu'est-ce que tu veux, on peut pas faire autrement.

Gaelle a fait demi-tour et aussi la queue pour le gilet. Moi, j'ai fichu la planche à l'eau et vite direction le vestiaire me changer le tee-shirt. J'en ai piqué un à Francis, un qui me tombait presque aux genoux. J'avais peut-être l'air un peu con, mais je me sentais sacrément soulagé. Gaelle m'attendait déjà au bord de l'eau, elle avait récupéré un gilet et finissait de le lacer. Lorsqu'elle m'a vu débarquer ainsi, elle s'est mise à rire.

– Mais qu'est-ce que tu fiches avec ça ?

– C'est rien, c'est rien, je lui dis comme ça, l'autre sentait mauvais, c'est tout, je crois que ma mère a dû mal l'essorer, il devait y avoir encore un peu de lessive, et ça sent mauvais, et puis ça gratte aussi, alors j'ai changé, j'aime pas ça, les odeurs de lessive, j'aime pas non plus me gratter, tu comprends, d'ailleurs il était trop petit ce tee-shirt, je le savais avant de le mettre mais je l'ai mis quand même, je sais pas pourquoi, à ce moment-là j'ai dû de suite penser à autre chose, ça t'arrive jamais, toi, de te dire un truc et puis quand tu vas pour le faire eh bien t'oublies et tu fais autre chose ? Là c'est sûr, c'est ce qui m'est arrivé, et donc si c'est trop petit ça me gêne pour faire des mouvements, et en planche à voile il faut toujours des trucs larges, tu sais, comme ça tu fais ce que tu veux de tes mouvements et tu les fais mieux, par exemple.

– T'es pas un peu compliqué, toi ?

– Mon père dit toujours que l'homme est simple, c'est la vie qui est compliquée !

– J'aurais pourtant juré le contraire, me dit-elle en souriant, il est bizarre aussi ton père. Et si on y allait plutôt.

– Faut d'abord que je grée les planches et tout ça. T'as cinq minutes quand même ?

– Je vais même t'aider si tu veux.

– Bon, ben alors, d'accord.

Seuls au monde, nous nous retrouvions seuls au monde au beau milieu du lac, comme on imagine les cygnes. Et comment dire, la vie coulait de source, la vie allait simple et naturelle. Gaelle peinait un peu à me décoincer, car toujours j'étais timide, inquiet, parfois maladroit. Mais lentement, à force de dévorer et de dévorer encore son sourire, j'ai fini par me sentir comme à la maison, ou comme au paradis, lentement l'eau s'est faite plus douce, l'air plus langoureux, vraiment pas dangereux. On oubliait les raisons pour lesquelles on se trouvait là, et Gaelle me parlait, me posait des questions et j'y répondais, parfois même à côté, mais tout à fait familièrement, comme si on se connaissait depuis mille ans, ou comme si on s'en fichait de toute façon. Je ne craignais plus rien, je me sentais bien, on rigolait pour un oui et pour un non. Alors c'était ça, c'était comme ça, je racontais n'importe quoi, Gaelle gobait tout sans sourciller, elle me racontait des trucs abracadabrants, je gobais tout. Je n'appréhendais plus de dire des conneries qui pourraient faire grimacer les filles, des choses qui dans le fond les obligent à grimacer car elles sont dites sans conviction, elles sont dites pour effrayer, pour énerver, ou pour faire fuir, mais quoi qu'il arrive pour éloigner, pour ne pas séduire du tout – et toujours, sans qu'on le sache vraiment –, pour éloigner ce qui ne doit pas se faire, les bêtises, les erreurs, comme si en chacun de nous un gendarme gardait un œil pour faire respecter, avec plus ou moins d'autorité selon chacun, l'ordre des choses, notre ordre intérieur, qu'il se tenait là, ce gendarme, tout au-dedans, faisant la circulation de toutes ces choses à raconter, toutes celles qui nous traversent l'esprit, laissant circuler les unes, ralentissant les autres, stoppant encore celles-ci, etc., comme je le dis. Alors c'est ça, c'était comme ça, on semblait gagas, ouais, bel et bien gagas, bel et bien et tout à fait heureux de l'être, le petit gendarme laissait tout passer, pour cette histoire-là, allez-y les enfants, c'est la bonne, allez-y et de bon cœur, racontez-vous n'importe quoi, c'est la fête, racontez tout ce qui vous passe par la tête, ça n'a aucune importance, alors vraiment aucune...

Il a fallu à un moment que l'on vienne quand même nous emmerder, comme si l'odeur du bonheur attirait inéluctablement tous les pète-burnes. J'ai vu le type, un de leurs monos, se pointer de loin, il pagayait dans notre direction comme le petit lapin dans la publicité pour les piles. Gaelle l'avait vu aussi.

– Oh, là, là, elle dit, il va pas venir m'ennuyer jusqu'ici, c'est pas vrai.

Je n'ai pas eu le temps d'en savoir plus car l'autre, tant ses piles semblaient rechargées, virait déjà d'un coup de pagaie de sorte qu'il se trouvait parallèlement placé à la planche de Gaelle.

– Bon, il lui demande en reprenant son souffle, tu fais quoi, là ?

– J'apprends.

– Et t'apprends quoi, je peux savoir ?

– D'après toi ?

– Fais pas la maligne, Gaelle, fais pas la maligne. Alors ?

– Alors j'apprends, et je me repose un instant,

tu vois, parce que figure-toi que c'est pas évident ce truc.

– Ben voyons, ça doit bien faire une demi-heure que tu te reposes...

– Il m'espionne maintenant !

– Qu'est-ce que tu veux, je fais mon boulot.

– Et ton boulot, c'est d'espionner ?

– Mon boulot c'est de vous surveiller, toi et les autres, que tu le veuilles ou pas, j'ai des responsabilités.

– Et qu'est-ce que je fais de si mal, là, pour que tu prennes la peine de venir jusqu'ici me le reprocher ? Je suis vraiment irresponsable ? Je suis en danger ?

– Je lui apprends à faire de la planche, je dis comme ça à tout hasard, tout va bien.

– Toi, il me dit, boucle-la, je t'ai pas sonné.

– Holà, je lui fais, comment il me parle, on me sonne pas moi, j'ai pas d'interrupteur ici, j'ai pas de ficelles sous les bras.

– Bon, dis à ce morveux de la fermer, parce que ça va mal finir. Et puis ça va cinq minutes de me prendre pour un con, allez, tu rentres, on s'expliquera plus tard. Allez, monte sur ta planche et rentre, je te dis.

Le mono a pris violemment Gaelle sous le bras pour la faire grimper.

– Mais lâche-moi, t'as pas le droit de faire ça.

– Monte là-dessus je te dis, et rentre.

Je ne savais plus quoi faire, c'était tout de même son mono, au même titre que Francis pour moi, ce devait être lui le chef, et il devait avoir de bonnes raisons d'agir ainsi. Mais j'étais fou, ça, j'étais fou et ça me démangeait de sauter sur son kayak et de couler ce con avec. Je serrais les poings et les dents et, s'il en rajoutait encore, tant pis, j'allais le crever, enfin, j'essaierais, car il devait bien avoir vingt-cinq ou vingt-six ans et m'est avis que je n'aurais pas fait un pli face à lui. Il était poilu comme un ours, costaud comme un porte-avions, le type, et de sacrés tatouages sur les bras, de dos, avec sa nuque comme ça, on aurait dit Mike Tyson. Bref, c'était fichu d'avance mais qu'importe, à ce moment-là, Tyson ou pas, je vous dis que ça, je m'en foutais carrément.

– Mais lâche-moi, à la fin, je suis assez grande pour monter seule.

– Monte, je te dis.

– Polo, lui dit Gaelle, je te préviens une dernière fois, si tu continues, mes frères te tueront arrivés à Paris.

– Des menaces, encore ?

– C'est comme tu l'entends, et je plaisante pas.

Mike Tyson a lâché Gaelle et s'est reculé en poussant sur sa planche. Il a saisi sa pagaie et avant de partir a prévenu Gaelle que de toute façon ils régleraient ça plus tard.

– Me fait chier, ce con.

– Merde alors, on faisait rien de mal.

– Il est jaloux.

– Jaloux ? Mais jaloux de quoi ?

– Il me drague, depuis le début il me drague, il me lâche pas, c'est un fou, dès qu'il me voit avec quelqu'un faut toujours qu'il rapplique.

– Mais c'est un vieux, il a au moins vingt-six ans, il a des poils partout et en plus c'est un mono !

– Ça n'empêche pas. Bon, oublie tout ça, Fred, s'il te plaît, on rentre.

J'ai senti Gaelle inquiète, elle se sentait tout de même contrainte d'écouter le mono, c'est-à-dire de rentrer. Mais je connaissais mal ce genre de fille, je me faisais des idées. « On va y aller tout doucement, elle me dit, y a pas de raison. » Gaelle s'est fichue de nouveau à l'eau et on a palmé en poussant nos planches. Elle a tourné la tête vers moi et m'a regardé comme ça, avec de petits yeux malins et rieurs, puis elle s'est mise à rire.

– Hé, elle me dit, je peux te garantir qu'on est pas près d'arriver. Et si on passait par-derrière l'île ?

C'était clair, à ce rythme-là, on pouvait toujours nous attendre. La voyant ainsi rire, je me suis dit qu'en fin de compte ça ne devait pas être si grave et que ce n'était guère la peine de m'en faire pour Water Polo. Alors j'ai ri avec elle, un peu jaune, mais j'ai ri quand même.

– T'as des frères ? je lui demande au cas où.

– J'ai une petite sœur, c'est tout.

– Ah !

– Ben oui, mais il est pas censé le savoir, il est tellement con de toute façon.

– Hé, hé, t'as vu le cou qu'il a ce mec, et les tatouages, t'as vu ça ? C'est quand même incroyable.

– C'est pour ça qu'il a aucune chance, mais vraiment aucune, il me rappelle trop ma zone.

– C'est-à-dire ?

– Il ressemble à tous les mecs de mon bled, et j'en ai par-dessus la tête, moi, des mecs comme ça. On arrête deux minutes, je suis fatiguée.

– Déjà ?

– Tu comprends toujours jamais rien, toi ?

Gaelle a lâché sa planche. Elle m'a rejoint en deux brassées. Je me demandais ce qu'elle trafiquait, là, comme ça, à se coller tout contre moi

– Tu comprends toujours jamais rien.

Elle a pris ma tête entre ses deux mains et m'a embrassé sur la *bouche* !

Puis elle l'a ouverte, en grand, et avec sa langue elle est passée partout sur mes *lèvres* !

Non, jamais une fille ne m'avait fait

ça !

Jamais je n'avais vu

ça !

Et je n'oublierai jamais

ça !

– Allez, je crois qu'elle m'a dit, il faut rentrer.

Au loin, sur la plage, les enfants s'amusaient en silence. Les canards cancanaient sans un bruit. Sur l'île, les feuilles des grands peupliers frissonnaient mais jamais ne bruissaient. Dans le ciel, tout là-haut, tout là-haut là-haut, les zoiseaux planaient mollement sans un piaillement. Un gros navion passait et jamais je n'entendais le tonnerre de ses réacteurs. Et sur les berges aussi les pêcheurs s'engueulaient comme ça, sans un mot. Et les tutures passaient sans un échappement sonore. Et partout où mes yeux se posaient le monde était une chose muette. Nom d'un chien, j'étais sourd, et puis j'ai regardé Gaelle pour qu'elle me dise, pour qu'elle m'explique enfin ce qu'il se passait. Mais je n'ai eu droit qu'à un sourire, une caresse sur mon visage. Elle m'a fait alors signe de la suivre mais ne me voyant pas réagir elle s'est éloignée et elle est partie sans moi comme ça, comme un ange évaporé. Et moi j'étais tout seul, tout seul, je regardais encore les navions, les zoiseaux, les pêcheurs et tous les enfants, je regardais les tutures et les arbres, je regardais les canards. Et le monde, le monde était toujours cette chose muette et, nom d'un chien, j'étais vraiment sourd.

Je me suis mis à nager avec langueur, poussant comme ça ma planche. Il me semblait pourtant avoir de longues palmes et ne pas même toucher l'eau, il me semblait que si je lâchais cette planche j'irais voler avec les oiseaux, j'irais courser l'avion, j'avais le sentiment de ne plus exister de ne plus être de chair, d'être une chose tout évaporée, de n'être qu'une main qui tenait une planche, le reste était ailleurs, parti, envolé, non, le reste n'existait plus. Rendu à la base, j'ai dégréé la voile légère comme une aile d'oiseau. J'ai porté la planche en coton jusqu'au garage. Je me suis tiré vite fait pour me mettre sous la douche. J'ai vu Gaelle en grande discussion avec Mike Water Tyson Polo, mais elle semblait maîtriser le combat. Qu'elle était belle ainsi à tenir tête à ce dingue, à ne pas se laisser faire. J'ai traversé la salle de séjour, je ne pourrais pas dire s'il faisait chaud ou froid à l'intérieur, si tout était en ordre, ni même si j'y étais vraiment, je ne pourrais d'ailleurs rien en dire sinon qu'encore j'étais sourd. À mon grand étonnement, j'ai dû quand même ouvrir la porte qui donnait accès à notre douche, car elle ne s'est pas ouverte toute seule comme je m'y attendais. Là, j'en ai vu une autre s'ouvrir, tout à côté, celle du labo photo. Francis en sortait, avec une mono du groupe. Il avait dû lui apprendre deux trois trucs sur la photo, des trucs néanmoins importants vu qu'elle semblait tout à fait réjouie d'en avoir percé les mystères.

– Ça va, Quiqui ? il me demande.

J'ai attendu qu'enfin l'écho de sa question me parvienne avant de répondre.

– Comme un avion, je lui fais.

– *Well, well, well,* tout baigne alors, *isn't it.*

Voilà que Francis me parlait en anglais maintenant, mais il aurait pu là devant moi exécuter un poirier, je crois que je me serais dit que tout baignait dans l'huile. Alors il s'en est allé et la mono l'a suivi tout à fait normalement encore, c'est-à-dire qu'elle ne marchait pas mais glissait, comme en lévitation, à cinq bons centimètres du carrelage, les bras le long du corps et la nuque raide. *Well, well, well,* je me suis dit, *no problem, everything is okay,* je vais prendre ma douche car je ne maîtrise pas tout à fait l'anglais.

La douche, bonne idée. Quand je suis sorti, le monde tournait de nouveau comme il tournait toujours, à cette nuance près qu'il tournait tranquillement maintenant et que je me sentais la force de le prendre sous le bras comme un ballon pour aller jouer avec. Je mesurais maintenant, je réalisais tout à fait ce qui s'était passé. Gaelle m'avait embrassé, et non de ces baisers sans importance, gratuits et tout ça, non, un vrai baiser, de vrais baisers, des baisers dont on ne peut se lasser, des baisers que l'on désire toujours et encore, des baisers de bienvenue parmi moi. Je pouvais affirmer alors, me l'enfoncer bien dans la tête, que nous sortions ensemble et sans même que l'on ait eu à se le demander. Bien sûr, le mérite ne m'en revenait pas, je ne vais pas faire le beau de ce côté-là, je crois que si Gaelle n'y avait pas mis du sien, on y serait encore ou, plutôt, je serais toujours à me demander comment nom d'un chien je pourrais conclure avec elle, comment nom d'un chien je pourrais lui demander et réaliser un truc pareil. Mais qu'importe, ce n'était plus le moment de se poser des questions, de chercher le pourquoi du comment, bref tous ces trucs qui vous fichent l'esprit sens dessus dessous et qui vous empêchent de bien profiter de l'instant présent. C'est vrai que la vie était simple. C'est ça, donc, le monde était plus beau maintenant et je me sentais plein d'une énergie dévastatrice, comme d'une mer déchaînée, j'avais trouvé une plage où mes vagues roulaient de plaisir, venaient choir l'une après l'autre pour lécher le sable à la manière d'une caresse et s'en aller et revenir encore et inlassablement car c'était bon. Je débordais d'un désir fou et d'autant plus fou qu'il ne me semblait plus du tout impossible à assouvir. Il aurait fallu hurler, hurler pour de bon devant tant de bonheur, hurler les bras au ciel et courir, courir comme souvent court un footballeur qui vient de marquer le but de sa vie, par exemple, il aurait fallu donner des petits coups de pied aux vieux pour les faire avancer plus vite, pour qu'ils ne traînent pas trop longtemps dans les parages et qu'ils n'encombrent pas ma joie, des petits coup de pied, comme ça, toup ! juste pour plaisanter, toup ! hop ! hop ! il aurait fallu me fiche des canards plein les poches pour les chatouiller comme ça sous les ailes et les entendre cancaner et rire et rire encore presque à en mourir, car chez moi comme chez les canards, la vie est belle.

Bon, bon, bon, je me suis dit en me tapotant le visage, il faut atterrir, Fred, faut atterrir, regarde le ciel là-bas, regarde ces nuages, c'est du vent qui se pointe, c'est encore du bonheur en perspective. Mais je m'en fichais grave, du bonheur, j'en avais qui débordait de partout. Alors pour de bon j'ai dit stop ! Fred, stop ! ça suffit ! ça suffit maintenant ! reviens ! raisonne comme un grand garçon, un homme d'affaires, arrête de gigoter, de t'exciter comme ça, arrête, calme-toi, calme-toi. Je me trouvais sur le pas de la porte et, avant de sortir, j'ai fermé mes yeux très fort un instant, j'ai serré ma mâchoire, j'ai retenu ma respiration, j'ai tendu mes bras et fermé mes poings à faire blanchir les phalanges.

– Ça va pas, Fred ?

Ça m'a réveillé net.

– Si, si.

Je ne savais plus très bien où me fiche, Gaelle me surprenait encore dans une situation ridicule.

– Nous on s'en va, elle me dit, on revient demain. Recule-toi.

Gaelle m'a poussé de sa main vers l'intérieur de sorte que nous étions seuls maintenant dans la salle. J'ai gardé sa main dans la mienne.

Elle s'avance alors et me dépose un baiser sur la bouche puis un second puis encore un autre puis ça n'en finit plus et pour la première fois de ma vie j'ouvre ma bouche en grand et nos langues se mélangent et je ne trouve pas ça dégoûtant et bien au contraire je trouve ça même très bon et Gaelle lâche ma main puis me prend dans ses bras en m'étreignant avec force.

– Tu sais, me dit-elle après un dernier baiser, on a vraiment de la chance. Tous les ans je vais en vacances avec mes parents à Hossegor, on a une maison là-bas qu'on loue avec une autre famille de par ici, et cette année j'avais pas envie, j'avais pas envie, et je savais pas pourquoi. Eh bien maintenant je sais. C'est important ce que je te raconte.

– Gaelle, je lui dis sans savoir tout à fait pourquoi c'était important, c'est chouette tout ce que tu me dis, tout ce que tu me fais, c'est vraiment chouette.

Gaelle a souri et m'a dit à demain, puis elle s'est retournée et a trottiné pour rejoindre le groupe. J'étais un homme heureux. Tant et si bien que le soir j'ai grimpé cette fichue côte sans sourciller. Cette fille me filait de sacrées ailes.

Mon père ne m'a pas entendu entrer, alors j'ai reculé d'un pas pour me dissimuler derrière la porte entrouverte puis j'ai tendu l'oreille. Mon père téléphonait, mais à cette heure, ce ne pouvait être son éditeur, ce ne pouvait être la famille, ce ne pouvait être personne sauf ma mère. De plus, mon père n'a jamais supplié son éditeur, non plus sa famille, il n'a jamais supplié personne sauf ma mère. Alors je me suis plaqué contre le mur, retenant ma respiration, je voulais même me boucher les oreilles car je n'aimais pas l'entendre ainsi. «Non, je ne me méprends pas, je sais très bien que tu appelles pour lui, mais il n'est pas encore rentré... Il va très bien, il s'est fait une petite amie, mais tu peux au moins... Je sais que tu es fatiguée, moi aussi je suis fatigué, le monde est fatigué, mais il tourne encore... Allô?... Allô?» Mon père a raccroché. J'ai longé le mur sans faire de bruit puis j'ai repris mon vélo pour faire un tour. Chaque fois que ma mère appelle, c'est toujours la même chose, mon père est toujours dans de sales états, et ça peut durer longtemps. Parfois, le soir, c'est lui qui appelle. Il attend que je sois couché et téléphone à ma mère. Ses coups de fil s'achèvent toujours par ces « Allô ? Allô ? » Ce sont souvent de longues plaintes douloureuses à entendre et depuis plus de deux ans maintenant que ma mère a mis les bouts, les bouts pour des raisons qu'elle a encore bien du mal à m'expliquer ce qui fait que je suis convaincu qu'elle est coupable, qu'elle nous a laissés tomber, mon père et moi, pour des trucs pas très avouables. Je suis resté près de lui, à la maison, car il me semble qu'il importe peu à ma mère que je sois ou non avec elle. Elle ne fait d'ailleurs jamais des pieds et des mains pour passer un moment avec moi et, lorsqu'on se retrouve, ça ressemble plutôt à une formalité, une rencontre tout à fait administrative. C'est certainement parce qu'elle nous a fait mal que je lui en veux et que je dis ça, mais peut-être a-t-elle eu de très bonnes raisons de partir, peut-être qu'elle ne peut pas dire la vérité, peut-être qu'elle préserve l'image que j'ai de mon père, peut-être que dans le fond la faute lui revient, peut-être qu'un jour je la saurai cette vérité, mais pour le moment c'est lui qui pleure.

Je ne m'attendais pas en rentrant à le voir de bonne humeur, et j'ai bien fait. Il regardait la télé et zappait toutes les trois secondes. Je me suis assis près de lui dans l'espoir qu'il prenne quand même des nouvelles de Gaelle mais il n'a rien dit, du moins rien à son sujet. « Ta mère a appelé, elle t'embrasse. » Point. Sur l'écran que je ne lâchais pas des yeux, les images défilaient. Je n'osais pas regarder mon père, je n'osais pas voir son visage, je ne voulais pas qu'il m'invente encore des histoires pour justifier l'état dans lequel il se trouvait. À ce moment précis je n'aurais pas pu lui prêter une oreille attentive. Je m'en voulais, je me sentais un peu coupable, mais je pensais trop à Gaelle, et la terre entière pouvait bien s'écrouler, le monde en finir, je ne pensais qu'à elle. Cela se passe certainement ainsi, lorsqu'on est amoureux, le soleil qui brille à l'intérieur nous éblouit tant qu'on ne peut plus voir ce qu'il se passe autour de nous. Je suis quand même resté près de lui un instant afin qu'il ne sente pas trop non pas mon indifférence mais mon éloignement à ce moment-là, j'étais si loin... Je me suis bien gardé aussi de faire une allusion au coup de téléphone car il m'aurait encore et longuement parlé de ma mère. J'ai fini par me lever en prétextant que j'avais faim. Mon père n'a rien dit, il zappait encore. Lorsque je suis ressorti de la cuisine, il avait éteint la télé et quitté le salon pour s'enfermer dans son bureau.

Alors j'ai rejoint ma chambre, j'ai tiré la télé jusqu'au lit et je me suis allongé pour jouer sur ma console.

C'est ainsi que le jour s'est levé, à la manière de tous les autres, c'est-à-dire petit à petit. Pourtant, ce jour semblable aux autres me semblait, moi, bien plus prometteur. Peut-être – et sinon Gaelle si elle ne dormait pas – peut-être étais-je le seul à le voir ainsi. J'ai peu dormi et longtemps j'ai attendu que ce jour se lève enfin, longtemps, mais sans impatience. Car la veille m'avait donné de quoi patienter, j'avais lu ma petite revue à moi dans la salle d'attente du jour, feuilleté et feuilleté encore les pages de la veille, j'avais mille fois recommencé en attendant le soleil, sans jamais me lasser. Mon père n'était pas encore levé et je m'en voulais encore de me voir faire le moins de bruit possible afin de ne pas le réveiller, je ne voulais pas le croiser de bon matin et plus précisément ce matin-là.

Je me tenais debout sur mon vélo et je zigzagais ; de larges virages qui me donnaient le sentiment de danser avec l'air et la route. Arrivé à la base, je me suis d'abord assis au bord du lac puis, comme la rosée me rafraîchissait les fesses, je suis allé m'asseoir sur le ponton. Là, j'ai attendu Francis. J'étais seul au monde, j'en étais donc le maître. Le lac dormait sous une fine brume, immobile, sans une ride, et je détenais le pouvoir de tout changer, le pouvoir d'y lancer un caillou afin que l'onde se répande sur toute sa surface lisse. Mais je n'étais pas d'humeur belliqueuse. On n'est jamais d'humeur belliqueuse lorsqu'une fille hante ainsi votre esprit, si joliment, on n'emmerde personne. Non, on embrasse plutôt le monde, on le couvre de baisers, tout à coup, on ne comprend plus pourquoi on le trouvait si pourri, ce monde, et on en déduit logiquement qu'on a dégotté le remède, le truc miracle, comme ça, par accident, alors on a envie de se lever et d'aller le crier à travers les villes et les campagnes. Accidentez-vous ! Même ce petit vieux qui marchait seul de bon matin encapuchonné comme un moine dans son long peignoir de coton, même ce petit vieux débarqué maintenant du néant par je ne sais quelle porte, même ce petit vieux ne me semblait plus du tout triste. Il allait lentement, seul, il ne se rendait nulle part, mais il était et me donnait le sentiment d'avoir de bonnes raisons d'être et je me disais qu'il suffisait alors qu'il soit à mes yeux pour que lui-même à travers mon regard ait le sentiment d'être. Je me disais que si un de ces quatre je ne savais vraiment plus quoi fiche de ma vie, eh bien je serais philosophe et j'irais d'hospice en hospice, si un de ces quatre... Car je vais être honnête, pour le moment, il me fallait tout d'abord aimer Gaelle.

Gaelle.

– On en fait que cinq minutes, elle me dit, j'ai pas le courage aujourd'hui.

– C'est toi qui vois, mais c'est dommage, car en plus le vent va se lever.

Cinq minutes. En cinq minutes, je ne voyais pas où trouver le temps de nous rendre derrière l'île et de nous embrasser comme la veille, la journée était trop bien partie.

– Et puis pour cinq minutes, j'ajoute, ce n'est peut-être pas la peine de gréer les planches, si tu vois ce que je veux dire, non?

– T'as raison, laisse tomber, tant pis pour aujourd'hui. Qu'est-ce qu'on peut faire d'autre ?

– Du kayak, du dériveur, enfin, tous les trucs que tu vois là, si ça te tente.

– Ça me tente pas. J'ai la flemme. Y a vraiment rien d'autre à faire ?

– Alors là je vois plus, Gaelle.

– Y a pas de bonnes cassettes vidéo ?

– Si, doit bien y en avoir, mais c'est con de rester enfermés avec un temps pareil.

– Ça dépend le film, elle me fait.

– Bon, ben écoute, je lui dis un peu déçu, si t'y tiens, on va voir.

– Merci.

On s'est rendus dans la grande salle pour visionner un film. Dès la porte passée, Gaelle m'a pincé les fesses discrètement car il y avait du monde à l'intérieur. Alors je me suis senti mieux car sinon ses deux baisers du matin, je n'avais pas eu droit à grand-chose de sa part, pas beaucoup d'attention. Deux types jouaient au baby-foot mais personne ne matait la téloche. Gaelle s'est alors penchée vers moi et m'a susurré à l'oreille :

– C'est dommage qu'on soit jamais seuls.

On est allés voir les films dans la vidéothèque, Gaelle a choisi une comédie musicale à la con.

– T'aimes ? elle me demande.

– Jamais vu.

– Tu peux le mettre ?

– Si t'y tiens.

J'ai fichu la cassette dans le magnétoscope et on s'est assis sur le grand canapé. Gaelle s'est placée un peu loin puis a regardé fixement l'écran avec de grands yeux tout ronds. Je ne m'attendais pas à ce genre de journée ce qui fait que j'étais un peu déçu et même contrarié. Mais je ne tenais pas non plus à le lui montrer si bien que j'avais l'air d'un type assez décontracté et plus ou moins absorbé par l'écran. Et puis Tyson est arrivé avec sa gueule enfarinée, il croquait une pomme. Je me suis dit en m'enfonçant un peu plus dans le canapé que c'était définitivement la fin des haricots.

– Ç'a pas l'air mal, il nous dit comme ça.

Puis il s'est assis avec nous, à la droite de Gaelle, en mâchant sa pomme.

– Pas mal du tout, il fait encore la bouche pleine.

Gaelle s'est écartée de lui de sorte qu'elle se

tenait un peu plus proche de moi maintenant, puis elle a tiré sur son tee-shirt et croisé ses jambes tout en soupirant.

– Tu peux pas mâcher un peu moins fort, elle lui dit, c'est vraiment dégoûtant et en plus on entend rien.

Tyson a rigolé et a croqué de nouveau dans sa pomme mais un peu plus bruyamment. Il respirait par le nez, on aurait dit un buffle.

– Et je croyais que ton boulot c'était de surveiller.

– C'est ce que je fais, il dit d'un air malin et la bouche toujours pleine, je te surveille.

Gaelle a tiré sur son tee-shirt afin de cacher ses cuisses que lorgnait Polo.

– Je le vois que tu me surveilles, mais là, je risque rien, je vais pas me noyer ni rien. T'irais pas dehors voir si ça se passe pas plus mal ?

– Tout est okay, poupée.

J'étais mal à l'aise, je ne savais ni quoi entreprendre ni quoi dire. Je ne me sentais pas peureux, mais cette histoire dans le fond ne me concernait pas et j'avais de plus le sentiment que Gaelle ne désirait pas que j'y mette mon grain de sel. Et puis elle me paraissait suffisamment forte et têtue pour s'en sortir seule. Cependant, Francis a réglé le problème. Il a débarqué dans la grande salle comme un boulet.

– Hé, mon grand, il fait au mono, il faudrait que tu ailles calmer tes gars avant que je m'y mette, à moins que le programme t'intéresse. Dans ce cas je te file la cassette et t'iras la regarder tranquillement chez toi. En attendant ils se foutent sur la gueule là, dehors. Alors magne-toi.

Water Polo s'est levé sans jeter un regard à Gaelle. On aurait dit qu'il avait avalé le trognon de travers, car il était rouge. Les deux types qui jouaient au baby ont filé voir la bagarre et Francis nous a demandé :

– Ça va les Quiqui ?

– Ça roule.

Puis il est sorti de sorte que nous nous retrouvions seuls maintenant. Gaelle m'a pris la main et s'est penchée pour m'embrasser longuement. Enfin, on a repris notre souffle.

– C'est quoi cette porte ? elle me demande en tendant son bras.

– Un dortoir.

– On peut voir ?

– C'est interdit.

– Ben, pourquoi ?

– J'en sais rien.

– C'est débile, y a rien de mal à aller voir.

– C'est bien ce que je me dis, mais c'est pourtant interdit.

– Viens, on va voir, me dit-elle en se levant et en me tirant par la main.

– Gaelle, c'est interdit, je te dis.

– Justement, moi j'aime bien les trucs interdits. Mais peut-être que t'es un trouillard.

– Pas du tout, j'suis pas trouillard, et puis de toute façon je le connais déjà ce dortoir, y a rien d'extraordinaire.

– C'est ça, t'es qu'un trouillard.

Bon, pas deux fois, alors j'ai suivi Gaelle qui me tenait toujours par la main. J'ai jeté un coup d'œil vers l'extérieur puis on est montés.

– Waou ! C'est génial.

– Ça fait un peu dortoir, je lui dis, c'est tout comme.

– Mais qui dort ici ?

– Des groupes, de temps en temps.

– T'y as déjà dormi, toi ?

– Non, jamais, enfin si, une fois, avec Francis, on a poireauté là toute une nuit pour essayer de choper des types qui venaient piquer. On les attend toujours et entre-temps ils ont encore cambriolé deux fois.

Gaelle a lâché ma main puis elle est montée sur un lit. Voilà maintenant qu'elle sautait dessus et qu'elle allait nous ameuter toute la base.

– Déconne pas ! Ça fait un boucan monstre.

Gaelle rigolait.

– Déconne pas !

Alors elle s'est laissée tomber sur les fesses et a soupiré. J'étais mal à l'aise, un peu angoissé, car si on nous chopait là, j'allais d'abord en prendre pour mon grade et puis perdre toute la confiance que Francis pouvait me témoigner. Mais je ne voulais pas non plus passer pour un trouillard aux yeux de Gaelle. C'était compliqué tout ça.

– Viens t'asseoir, allez.

– Gaelle, écoute-moi, il ne faut pas qu'on traîne ici, si on nous chope, on est mal. C'est bon, t'as vu comment c'est fichu, alors on y va maintenant.

– Viens t'asseoir.

– Gaelle !

Alors je me suis assis près d'elle. Gaelle m'a

attrapé par l'épaule et m'a basculé sur le lit. Qu'elle fichue histoire.

– T'as jamais fait ça ? elle me demande.

– Ça quoi ? je lui dis tout tremblant.

– L'amour, imbécile !

Comme je ne réponds pas, Gaelle m'embrasse… et je suis si près d'elle… si près… je sens tout d'elle… ses jambes blanches et nues qui s'enroulent autour de moi… son ventre collé au mien… ses seins… ses seins tout contre ma poitrine… et sa langue… sa langue partout dans ma bouche… et ses mains… qui vont… maintenant sur mon corps… sur mon sexe… jamais on ne m'a touché le sexe… jamais… jamais… jamais… on roule encore et encore sur le lit… on tourne et tourne… comme dans les vagues… et puis je la touche aussi… je la caresse… je passe une main… hésitante… sur son dos… sur ses épaules… sur ses bras… puis elle me prend la main… la pose sur son sein… alors je touche aussi… ses seins… puis plus bas… elle avec moi… tout en bas… et pour la première fois de ma vie… je touche un sexe de fille… un sexe de fille… alors Gaelle ôte son maillot… un truc en tombe… qu'elle prend vite… puis qu'elle met de côté… elle ôte son tee-shirt… elle est nue… nue comme jamais je n'ai vu… si près de moi… une fille nue… elle m'aide à me déshabiller… et me voilà nu aussi… là… dans ce dortoir… sur ce lit… c'est ça… nu… le moment est venu… c'est le grand jour… le plus grand des jours… le jour où la nature dicte sa loi… Gaelle sourit comme un ange alors que je l'embrasse… alors que je lui donne tout mon amour… elle sourit comme un ange… comme un ange… mon Dieu que les anges sont beaux… mon Dieu qu'elle est belle… Gaelle… mon Dieu que j'aime vivre… mon Dieu… mon Dieu… c'était donc ça qui m'attendait… je comprends mieux tout ça… je comprends mieux maintenant… je comprends pourquoi le monde est monde… pourquoi le monde est beau… alors qu'encore je l'embrasse… alors qu'encore le monde tourne dans ma tête… comme un manège de fête foraine… comme la grande roue… Gaelle saisit le truc qu'elle avait mis de côté… elle en déchire l'enveloppe… elle me demande d'attendre… elle doit faire quelque chose… et je la regarde faire… je la regarde prendre mon sexe et l'envelopper avec ce préservatif… et elle plonge de nouveau ses yeux dans les miens... sourit de nouveau... toujours... elle sourit toujours... elle me susurre que je peux y aller maintenant... mais faire très doucement... très doucement... et mon père avait raison... au diable les livres.. et toutes ces choses... au diable... on sait ce qu'il faut faire... on le sait... d'instinct... Gaelle s'étend de sorte que je peux m'allonger sur elle... et je n'y crois pas... le moment est bel et bien venu... c'est le grand jour... le plus grand des jours... et je glisse dans ce jour... oh... emporté par ce jour... comme absorbé... mon sexe va dans celui de Gaelle... doucement... doucement et mon Dieu... ô mon Dieu... toute cette musique... tout ce bruit... tous ces chants... on danse... danse ensemble... et danse encore... Gaelle dit des mots que je ne comprends plus... des mots qu'elle répète sans cesse... des mots à elle... des mots de son monde... des étoiles... et mon Dieu que je suis bien... mon Dieu... mais... mais qu'est-ce qui vient là... de tout au fond de moi... mais... mais qu'est-ce qui me brûle ainsi le ventre... la tête... qu'est-ce qui monte ainsi... et c'est quoi... et ça vient d'où... et pourquoi c'est si fort... pourquoi je sens tout mon corps exploser... pourquoi je ferme les yeux... et tant de lumière... pourquoi je serre les poings... je me crispe... pourquoi je ne pourrai retenir... ce cri que je sens... monter... comme si on... me faisait mal... comme si... et... qui monte et... qui monte... encore... et... qui est là... au... bout de ma langue... au... bord de mes lèvres... pourquoi tout brûle en... un instant... maintenant... pourquoi ces... incendies... ces tempêtes... pourquoi tous ces orages... et tant d'éclairs... ces ravages... pourquoi suis-je foudroyé... là... tout à coup... pourquoi... pourquoi je tombe ainsi... pourquoi n'ai-je pas la force de me relever... et pourquoi... et pourquoi... pourquoi je suis si bien... là... comme endormi... fatigué... heureux... allongé sur Gaelle caressant mes cheveux?

– T'as senti ce truc ? je lui fais lorsque peu après la tempête j'ai remis un pied timide et suspicieux sur la terre.

– La prochaine fois peut-être.

– Quoi ? Tu n'as rien entendu de tout ce boucan ?

– Oh si, j'ai entendu, c'était là tout à côté, tout au bord, et puis c'est parti. Mais c'est pas grave, vraiment pas grave, c'était si bien et puis pour les filles, tu sais, c'est pas pareil, ça marche pas de la même façon.

– Ah bon !

– Tous ces bruits, ils mettent souvent un peu plus de temps à venir, ils murmurent d'abord, mais quand ils sont là, là tout là-haut dans nos têtes et qu'ils crient enfin, on peut les entendre pendant longtemps. Tu as déjà crié dans la montagne ? Eh bien c'est la même chose, tu vois, tu entends les échos encore et encore.

– Dis-moi la vérité, je lui demande alors que ma joue caressait son sein, c'est quand que tu as fait ça pour la première fois ?

Gaelle n'a pas répondu, elle a souri en regardant vaguement le plafond, comme si la vérité se trouvait bien au-delà, comme si je ne pouvais pas l'imaginer. Et puis on a entendu la porte du dortoir s'ouvrir et ç'a été la panique, la panique, on a bondi hors du lit pour vite enfiler nos maillots. À ce moment-là, je nous savais fichus, je savais qu'on n'aurait pas le temps de fiche le camp avant d'être découverts par la personne qui montait l'escalier et mon cœur battait comme un roulement de tambour et je faisais n'importe quoi, et j'avais peur, j'étais paniqué, tout s'effondrait.

Lorsque Francis nous a vus, là, en maillot, lorsqu'il a vu les seins nus de Gaelle, et lorsqu'en baissant ses yeux abattus il a aperçu le préservatif, il a alors passé une main sur son visage puis longuement tiré de ses doigts sur ses joues. La mono qui était montée avec lui ne pouvait plus ôter la main qu'elle tenait comme ça sur sa bouche, comme pour étouffer un cri, ni même fermer ses yeux grands ouverts qui semblaient apercevoir l'inimaginable, des horreurs. Je n'ai pas eu la force de dire qu'on n'avait rien fait, je n'avais la force à rien, j'avais honte, mort de honte.

– Descends d'ici, me dit calmement Francis en me montrant la sortie.

J'ai pris mon tee-shirt et je suis descendu en baissant la tête, sans même pouvoir jeter un dernier regard à Gaelle. Avant d'arriver au bas des marches, Francis m'a dit de prendre mes affaires et de ne plus jamais fiche les pieds ici, que c'était terminé pour moi, qu'il ne voulait plus me voir, je l'avais trop déçu, et dire qu'il croyait que j'étais un type sérieux. Sur le coup je voulais pleurer, mais je me suis dit que Gaelle n'aurait peut-être pas trouvé ça digne d'un garçon qui venait de lui faire l'amour. Alors j'ai contenu mes larmes et je suis parti. Qu'allait-il arriver à Gaelle ? Mais surtout, comment j'allais pouvoir lui dire tous ces mercis pour tous ces bruits, pour ces nouveaux jours, comment j'allais pouvoir encore l'aimer, la prendre dans mes bras et l'aimer ?

Je suis monté jusqu'au parking prendre mon vélo puis j'ai mis les bouts complètement dégoûté. En jetant un dernier coup d'œil sur le lac, je l'ai trouvé pourri, lui et tous ces vieux, tous ces canards, tous ces arbres, pourri jusqu'à l'os.

Mais, à deux doigts de chialer, comme ça, tout en pédalant, j'ai entendu que l'on criait mon nom. Je me suis retourné et j'ai vu Gaelle courir à ma rencontre. Tout essoufflée, lorsqu'elle est enfin arrivée à ma hauteur, elle a pris mon visage entre ses mains puis m'a déposé un baiser très sonore sur la bouche. « On s'en fout, elle me dit, c'est tous des cons, dis, promets-moi de venir me voir le soir au camp. » Elle ne m'a pas laissé le temps de lui répondre, elle n'a pas eu le temps de voir ma joie, combien je souriais, elle courait de nouveau vers ses ennuis, car elle aussi se trouvait maintenant dans de sales draps. Je n'osais pas même penser à Polo, la tête qu'il allait tirer lorsqu'il apprendrait l'histoire. Pourtant je souriais encore car je savais que Gaelle était une sacrée fille avec un sacré tempérament. J'ai attendu qu'elle disparaisse derrière les voitures du parking pour reprendre mon chemin et tenter une roue arrière. Mais sans grand résultat car on ne peut tout de même pas tout avoir dans la vie.

Les filles, ça met le souk dans vos idées. Je ne savais plus très bien où j'en étais. Dès que je revoyais la tête de Francis, mon ventre se nouait un peu mais il me suffisait de penser à Gaelle ou, plus précisément, il suffisait que Gaelle s'impose dans mon esprit sans que j'y puisse rien faire, pour me dire que de toute façon ce n'était pas bien grave, cela pesait peu de poids. Je savais aussi qu'en rentrant je retrouverais mon père triste encore, dans des états inconsolables, cela aussi pesait peu de poids. Je veux dire qu'à ce moment-là, tous les drames sont infiniment petits, petits, légers, comme un oiseau qui picore le dos d'un éléphant, c'est à peine si ça le gêne. J'ai foncé jusqu'à chez moi. En passant devant le bar des Sports, et en m'y prenant quand même à deux fois car c'était incroyable, j'ai vu mon père attablé en terrasse. Jamais il ne fichait les pieds ici, et encore moins pour y boire un Ricard. Vraiment, ça ne va plus, je me suis dit, ou alors ça va très bien et si bien qu'il se paye même le luxe de sortir de la maison, loin de son bureau, loin de son monde, de sa vie. Je suis descendu de vélo et me suis assis avec lui. Je ne tenais pas en place et il l'a très vite remarqué sans m'en demander pourtant les raisons. C'est que ça n'allait pas fort. Puis il s'est mis à rire et d'un rire si étrange qu'il m'a fait peur. Il riait sans raison et renversait chaque fois un peu plus de Ricard sur la table. Je regardais autour de nous, je craignais qu'on emmerde les gens, mais les gens souriaient à l'entendre ainsi et bientôt tout le bar allait se fendre la gueule. Moi je ne rigolais pas, je ne savais pas comment l'arrêter si bien que je lui ai pris le bras et l'ai secoué. Papa ! Papa ! Il a repris enfin ses esprits, retrouvé son souffle puis il m'a dit que ça lui avait fait du bien. Je suis juste venu prendre un verre, d'ailleurs je le finis et on y va. T'as passé une bonne journée ? Il fallait bien de toute façon qu'à un moment ou à un autre je lui en touche deux mots. Je ne pouvais pas tous les matins partir de la maison pour n'y revenir que le soir afin de lui faire croire que la vie suivait son cours normal. Et puis il fallait surtout que je lui parle car je sentais qu'il en avait besoin.

– Si on veut. Francis m'a fichu dehors, il ne veut plus me voir à la base.

– Qu'est-ce que c'est que cette histoire?

Je ne savais pas si je devais mentir ou non, lui dire tout à fait la vérité. Mais la vérité, il l'aurait sue un jour, de toute façon. Puis quelque part, j'étais quand même un peu fier, j'avais enfin une histoire d'homme à lui raconter.

– Il m'a surpris avec Gaelle dans le dortoir.

– Nom d'un chien! Et... heu..

– Et... heu... je lui fais.

J'ai donc fait une croix sur pas mal de choses car mon père, parti du bar sur les chapeaux de roues tant il était révolté, n'a pas pu convaincre Francis, il l'a traité de tous les noms et c'est à peine s'ils n'en sont pas venus aux mains, bref, il est revenu à la maison sans rien de nouveau pour moi, mais il est revenu soulagé, c'est-à-dire qu'il avait eu enfin la possibilité de dire ce qu'il avait sur le cœur, et il en avait gros comme ça, il pensait même avoir fait réfléchir Francis qui niait pourtant tout en bloc. Mais quelque chose disait à mon père que Francis semblait à deux doigts de céder car effectivement cette histoire n'était peut-être pas un grand mal, mais si petit soit ce mal, ce n'était cependant pas sous ce toit qu'il devait se répandre, un point c'est tout. Bien sûr, j'ai tout de même mille petits regrets, mille petits regrets car il me sera impossible de remettre les pieds à la base et, même si mon père sue sang et eau pour m'acheter une planche à voile, ils s'y amuseront sans moi, feront leurs sorties sans moi. C'était la belle époque, les petits vieux, les canards et tout ça… et pourtant… dans le fond… je m'en fous…

3

… Je m'en fous car, par exemple, comme tous les soirs, il faut attendre que la nuit tombe, mais je suis déjà là bien avant, à cent cinquante mètres à peu près du campement, je gratte avec un canif l'écorce d'un arbre, d'un chêne, je gratte puis je grave, je grave des noms et ainsi tous les arbres le savent et surtout le sauront pour longtemps, je gratte, je grave et je guette, et si elle tarde, ce n'est pas bien grave, je change d'arbre et je grave encore nos noms, peu importe s'il faut aller un peu plus loin, peu importe s'il faut changer d'arbre encore, car toujours la voilà, comme les autres se sont endormis ou ne font plus gaffe à elle, toujours enfin je l'aperçois, elle marche le dos un peu voûté, elle fait attention à ses pas, comme une louve, elle jette de temps en temps un petit coup d'œil par-dessus son épaule, et enfin mon cœur bat plus fort, elle est là, à quelques pas de moi, c'est ici que je range mon canif, c'est à cette distance que toujours elle court et me saute dessus, c'est à ce moment-là que l'on danse des valses à nous, des pas jamais inventés, alors on court jusqu'au lac, on rit, on s'allonge au bord de l'eau, et toujours on recommence, toujours. Alors je m'en fous, vous comprenez, des canards, des petits vieux, de Pierre, de Paul et de Jacques, de ce que l'on peut bien en penser et tout ça, je m'en fous, tout est si petit, si futile face au plus grand des bonheurs. Souvent, lorsque je rentre le soir, mon père m'attend dans le salon, il sourit de me voir ainsi, il écoute les projets que nous avons avec Gaelle, il a même déjà accepté qu'elle vienne l'an prochain pour les vacances, il écoute mon bonheur en fumant des cigarettes puis parfois, d'un œil mélancolique, il regarde les volutes de fumée s'élever jusqu'au plafond.

Du même auteur à *l'école des loisirs*

Dans la collection *Médium*

Comme des adieux
J'aime pas mourir
Les oreilles en pointe
La pluie comme elle tombe